안녕한, 가

撫果樹 - 무과수

안녕한, 가

삶이 버겁다고 느끼는 이들에게 전하는
소박하고 성실한 일상의 기록

위즈덤하우스

프롤로그

봄과 여름 사이 그 어디쯤. 선선한 밤공기의 끝자락을 붙잡으며 가로수 아래를 한없이 걷는다. 얼굴을 푹 파묻고 싶어지는 아카시아의 달콤한 향이 코끝에 번져온다. 곧 매미 울음소리가 울려 퍼지고 후덥지근한 공기가 온몸을 감쌀 것이다.

종종 '인생이란 무얼까' 하고 질문을 던졌다. 어떤 날은 희망에 차서 미래를 잔뜩 그리다가도 또 어떤 날은 막막함에 가슴이 저려온다. 희망과 절망을 번갈아 가며 울고 웃고, 손에 잡힐 듯 잡히지 않는 행복을 좇으려 참 열심히도 살았다. 그러다 매일의 일상을 텃밭처럼 가꾸며 삶에 애정을 쏟기 시작했다.

여름, 가을, 겨울 그리고 봄. 매번 스치듯 살던 시간을 붙잡고 누리기 시작하자 희미하던 삶이 점차 선명해졌다. 계절 속에 수없이 피고 지는 것들을 보면서, 왜 나는 매번 피어만 있으려고 그리도 애를 썼나 싶어 괜히 머쓱해지기도 했다.

오늘도 바삐 흐르는 도심 속, 집이라는 아늑한 보금자리에 단단한 뿌리를 내리며 살아간다. 거창하거나 특별한 것이 아닌 곁에 있는 평범함 속에 숨겨진 행복을 길어 올리면서. 당신에게도 잘 먹는 삶, 건강한 삶, 안녕한 삶이 깃들기를 바라며 지난 4년간의 일상 기록을 꺼내본다.

2021년 7월 무과수 撫果樹

-

여름

-

가을

-

겨울

-
봄

夏 - 여름

조그마한 움직임에도 금세 이마와 콧잔등에 땀이 송골송골 맺혀 온다. 후덥지근한 공기가 온 세상을 뒤덮은 가운데 창밖에는 매미가 우렁차게 울어댄다. 더위는 피하려고 하면 할수록 땀에 젖은 티셔츠처럼 더 질척댔다. 나날이 뜨거워지는 햇살과 그칠 줄 모르는 빗속에서 종종 마음이 타버리거나 첨벙였다. 미처 보지 못한 웅덩이를 잘못 디뎌 튀어버린 흙탕물처럼 마음은 점점 꼬질꼬질해져 갔다.

그러던 어느 날, 생각의 주파수를 바꾸기로 다짐했다. 여름이니까 당연히 더울 수밖에 없다고 있는 사실 그대로 인정해버렸다. 그러자 놀랍게도 흐르는 땀과 그로 인한 짜증스러운 마음이 모두 아무렇지 않아졌다. 대신 곁에 있지만 놓치고 있었던 여름의 찬란한 순간들과 그때만 느낄 수 있는 행복이 점차 눈에 들어오기 시작했다.

싱그러움이 절로 느껴지는 푸르른 가로수 길

'풍덩' 하고 뛰어들어 자유롭게 헤엄칠 수 있는 수영장
냉장고 속 시원한 맥주 한 캔
베란다에서 수확한 방울토마토 네 알과
알알이 귀여운 초록색 완두콩
샤워 후 선풍기 앞에서 맞는 바람
이웃이 가져다준 자두로 만든 치커리 샐러드
계획 없이 떠난 뜻밖의 여행
창을 두드리는 빗소리와
스피커로 흘러나오는 음악의 조화로움
누군가를 떠올리며 써내려 가는 편지와
평범하지만 그래서 더 소중한 라디오 속 사연들
신중하게 누른 셔터 속에 영원히 기억될 추억의 조각들

나만이 간직한 여름의 선명한 순간들을 모으고 나니 비로소 이 계절이 특별해졌다. 고됨 속에서 탐스럽게 영글어가는 여름이라는 계절을 그제서야 제대로 사랑할 수 있게 되었다.

夏 - 여름

맥주

냉장고에 남아 있던 브루클린 맥주 두 병을 꺼내 마셨다. 오랜만에 비가 내린다. 문을 활짝 열어둔 창가 아래에 누워 천장을 보고 있으니, 창가를 두드리는 빗방울 소리가 집중을 하면 할수록 점점 더 크게 들려온다. 우두두두두두. 좋아하는 장윤주의 앨범 〈I'm Fine〉을 찾아서 틀었다. 깔끔하면서도 담백한 목소리가 CD 플레이어를 통해 흘러나와 빗소리에 얹어진다. 아, 좋다. 오늘은 아무것도 하지 않았지만 모든 게 좋았던 하루다.

業記録用
カラーフィルム
PROCESS
FUJICOLOR
ISO 100
業記録用
カラーフィルム
PROCESS
FUJICOLOR
ISO 100

夏
-
여
름

필름 사진

최근에 찍은 필름과 굴러다니는 필름 중 하나를 집어 현상을 맡겼다. 익숙한 장면들을 지나 마지막에 열었던 폴더에서 사라졌다고 생각했던 네덜란드의 잃어버린 조각을 찾았다. 잃어버린 것을 기대 없이 찾았을 때의 감정이란. 단순한 기쁨이 아닌 애틋함이었다.

불행

죽기 전까지는 모든 것이 결과가 아니라 현상이나 상태일 뿐. 그래서 나는 불행도 단순히 불행이라 치부하지 않는다. 그냥 그런 것일 뿐이니까. 그 사실만 잊지 않으면 무엇이든 또 그렇게 다 지나가기 마련이다.

가만히

하고 싶은 말은 참 많은데 글이 써지지 않는다. 때로는 정리가 안 되는 생각들도 있으니까. 그럴 때는 애써 무언가 하려 하지 않고 자연스레 두기로 했다. 애쓰지 않고 가만히.

KEYA
ROCK SALT
GRINDER
Jenniferoom

夏
-
여
름

한 달 정산

한 달에 돈을 얼마나 어떻게 쓰고 있는지, 먹는 음식들에는 주로 어떤 재료가 쓰이는지, 건강 상태는 어떤지. 사는 게 바빠 놓치고 있던 것들을 문득 깊게 들여다보고 싶을 때가 있다. 일과 쉼의 경계가 무너질수록 되찾고 싶은 혹은 되찾아야 하는 것들이 많아진다. 나는 지금 또 무엇을 놓치며 살고 있나. 계속해서 스스로에게 질문을 던져본다.

토마토 1

탱탱한 토마토의 껍질은 살짝 데쳐 벗겨내고 보드라운 속 알맹이만 새콤달콤한 소스에 절여 시원하게 냉장해두면 토마토 마리네이드가 완성된다. 입안에 머금고 시원함을 느낀 뒤 씹었을 때 터져나오는 과즙을 꿀꺽 삼키는 이 맛. 상큼함은 이루 말할 수 없고, 단번에 기분 전환이 되는 맛이다. 더위를 사랑하는 방법을 또 하나 찾았다. 토마토가 맛있는 계절에만 느낄 수 있는 여름의 맛.

夏
-
여
름

평온

모든 문을 활짝 열어두고 선풍기 한 대만 홀로 돌아가고 있는 통영의 어느 집. 에어컨은 없지만 연하게 내려 얼음 동동 띄운 드립 커피와 흑맥주 그리고 한 줌의 땅콩을 즐기다 보면 더위에 신경 쓸 겨를이 없다. 곁에 나란히 엎드려 누워 나를 바라보는 강아지 두 마리를 보고 있자니 귀여워 웃음이 절로 나온다. 고요하다. 평온하다. 마음이.

夏
-
여
름

집의 위로

집이라는 공간을 나의 공간으로 만들어가는 시간이 참 좋다. 한 집에서 오랫동안 살면 참 좋겠지만 그러지 못하더라도 어떤 집이든 '내 집이구나' 하고 느낄 수 있게 만들고, 그 안에서 위로받으며 살아가고 싶다.

인정

날이 선 마음이 요즘 나를 힘들게 한다. 괜찮지 않은데 '괜찮아야 한다'고 스스로를 옭아매서 그런지 더욱 견디기 힘들어진다. 마음을 다독이며 '괜찮아질 거야'가 아닌 '그냥 그런 거야'라고 인정하는 연습이 필요하다.

夏
-
여름

아침

아침에 눈을 뜨면 얼굴에 드리우는 적당한 햇살,

이불을 꼭 끌어안아 덮게 되는 이 순간을 사랑한다.

夏
-
여름

자두 치커리 샐러드

1. 오늘은 종일 침대를 벗어나지 못하고 있다. 한없이 몸이 축 처져 바닥 아래로 뚫고 내려갈 듯하다. 잠은 쏟아지는데 자다 깨다를 반복하느라 전혀 개운하지 않은 그런 날. 오후 5시가 넘어서야 겨우 정신을 차렸는데 책상 모퉁이에 해질녘의 노란빛 조각이 내려앉아 있다. 머리는 여전히 지끈거리고.

2. 무기력에 완전히 포위당했다고 생각하려는 찰나, 어제 저녁 동네 이웃이 현관 문고리에 걸어두고 간 채소와 자두가 생각났다. 집에서 직접 기른 채소라며 나눠주었는데 왠지 그걸 먹으면 힘이 날 것 같아서 봉지를 열어보았다. 상추와 치커리 그리고 자두 두 알. 싱크대 물을 트니 처음에는 미지근한 물이 나오다 이내 시원한 물이 나오기 시작한다. 창문이 없는 주방이라 이마에 금세 땀방울이 맺힌다. '여름에 가까워졌구나' 하고 속으로 생각했다.

3. 재료를 씻고 있는데 성당 종이 울리기 시작한다. 저녁 6시다. 치커리를 먹기 좋은 크기로 뜯고 냉장고에 있던 방울토마토와 까망베르 치즈도 꺼내서 얹어주었다. 그렇게 준비한 샐러드를 테이블에 놓고 자두 한 알을 먼저 집어 들어 한 입 베어 물었다. 얼마 만에 먹는 과일인지. 그러다 샐러드도 한 입. 직접 키운 채소라 더 싱그럽게 느껴졌다. 이유 모를 무기력함이 덮칠 때면 오늘의 자두 치커리 샐러드를 떠올려야겠다. 싱그러움에 정신이 번뜩 드는 이 맛.

Sunday
Running
Club
UNION ARCHIVE®

夏
-
여
름

옷 정리

계절 별로 옷을 구분하고 차곡차곡 개다 보면 나에게 이런 옷도 있었나 싶은 것들이 수두룩하다. 다음 계절이 성큼 다가오고 나서야 뒤늦게 옷 정리를 시작한지라 창밖에는 마지막 봄비가 내린다. 곧 무더운 여름이 찾아올 테지. 괜히 아쉬워하며 시간을 붙잡아 기록으로 남긴다. 다시는 오지 않을 2018년의 늦은 봄을 떠나보내며, 아직 낯선 나무 냄새가 채 빠지지 않은 새 수납장에 옷을 가지런히 넣어본다.

Praha

夏
-
여름

가계부

밀린 가계부를 정리했다. 카드 명세서를 열심히 보면서 날짜와 금액을 신중하게 입력하고 총 금액을 확인했을 때, 일의 자리 숫자까지 딱 맞아떨어지는 그 쾌감은 이루 말할 수 없다. 저번 달은 이사를 해서 지출이 들쑥날쑥하지만, 이렇게라도 자신의 소비를 주기적으로 들여다보는 일은 꽤나 중요하다. 소비는 곧 나의 관심이고, 돈은 얼마를 버느냐보다 어떻게 쓰냐가 더 중요하니까.

돌봄

손끝에 손거스러미가 일어났다. 하긴 언제부터 그랬는지도 모르니까 '일어나 있다'가 더 맞는 표현일지도. 왠지 오늘따라 손이 더 거칠게 느껴진다. 한참을 꼼지락거리며 손끝을 매만져 본다. 별것 아니지만 이조차 돌보지 못했다는 마음이 조금씩 밀려오다 이내 마음을 덮치고 만다.

COFFEE

욕심

나는 나를 가만히 두지 못하는 것 같다. 가끔은 충분히 잘하고 있음에도 종종 아무것도 하지 않는 사람처럼 자신을 취급하고는 한다. 바쁜 와중에도 잘 쉬고 싶은 것은 욕심일까. 더 잘하고 싶은 마음이 언제부터 부족함을 느끼게 하는 감정이 되어 버렸나. 차라리 이 모든 게 지독하고도 지긋한 여름 날씨 때문이었으면 좋겠다. 계절은 분명 지나가고 말테니까. 지나가는 걸 안다고 달라지는 건 없겠지만, 끝이 있음을 아는 것만으로도 위안이 될 때가 있으니까. 우연히 밤에 길을 걷다 선선한 바람이 몸에 닿는다면 조용히 마음을 덜어 그 바람에 실어 보내자. 아주 조금이라도 가벼워지게, 조금은 덜 버겁도록.

감정

고갈된 에너지를 어떻게 채워야 할지 쉽사리 방법이 떠오르지 않는다. 이유 모를 무기력이 나를 덮쳤을 때 어떻게 극복했었는지 기억이 잘 나지 않는다. 그저 잠시 지나가는 소나기처럼 한차례 퍼붓는 감정일 뿐인데, 그 순간을 견뎌내는 게 버겁다. 빈틈을 보이는 순간 걷잡을 수 없이 우울함이 퍼져버리는 날에는 '왜 이러지'보다 '그런가 보다' 하고 놔두는 편이 낫다. 있는 그대로 인정하고 나면 복잡하던 머릿속이 이내 잠잠해져온다.

출근길 독서

창밖으로 보이는 초록의 가로수와 푸른 강은 매일 봐도 새롭다. 어떤 날은 글을 쓰거나 라디오를 듣고 또 어떤 날은 창가에 잠시 기대어 부족한 잠을 더 채우기도 한다. 특히 출근길에 여행 책 읽는 것을 좋아하는데, 그 순간만큼은 왠지 출근이 아니라 여행을 떠나는 길처럼 느껴진다. 지하철을 탈 때는 좋아하는 음악을 들으며 잠시 눈을 감는데 혼잡하고 정신없던 장면이 희미해지면서 오직 나와 음악만이 남는다. 어디에, 어떤 상황에 놓이더라도 주어진 시간을 최대한 감사하게 생각하며 쓴다. 오늘도 출근길에서 어떻게 시간을 보낼지 고민하며 설레는 마음으로 집을 나선다.

쉬는 시간

때로는 일에 너무 몰두한 나머지 힘들다는 사실도 잊을 때가 있다. 쉼이 간절히 필요하다 느껴진다면 쉬어야 할 타이밍을 놓친 것. 쉽게 지치지 않고 좋아하는 일을 더 오랫동안 하기 위해서 쉼은 선택이 아니라 필수다. 에너지가 고갈되기 전에 '좀 쉬어가야겠어'라고 떠올리는 것은 여전히 어렵지만 꼭 잘 하고 싶은 것 중 하나.

맥스
PORTABLE GAS
MS-2500

夏
-
여
름

오래된 식당

주말 저녁, 사람들이 줄 서서 기다리는 식당 건너편에 있는 오래된 식당 하나가 눈에 들어왔다. 오랜 여행 끝에 얻은 지혜라면 외관만 봐도 어느 정도 맛에 대한 감이 온다는 것. 문을 열고 들어가 자리를 잡고서 두루치기를 시켰는데, 고기의 비계와 살코기의 비율을 보니 먹어보지 않고도 맛을 알 것 같았다. 젊은 사람의 방문이 반가웠는지 주인아주머니께서 후식으로 신선한 파프리카를 내어주셨다. 아삭아삭, 상큼하게 입가심을 하면서 식사 종료. 예측 가능한 성공보다 우연으로 얻어진 확신의 맛이 더 짜릿한 법. 오늘도 맛에서 인생을 배운다.

자유 여행

갑자기 떠나온 여행. 정해진 것 하나 없이 자유로울 때가 가장 행복하다. 프라하 다리 위에 앉아 하염없이 바다 위로 일렁이는 노을을 바라봤던 날이 떠올랐다. 모든 것에 이유가 없었던 그때가 참 좋았다. 애써 설명하지 않아도 되고 '그냥 좋다'라고 말할 수 있었던 그때가.

"내일 저희 집에 놀러 오실 분 있으신가요?"
2018年 5月 24日

기록

별것 아닌 나의 기록들이 자꾸만 좋은 사람들을 내 곁으로 데려다 준다. 그래서 계속 쓰게 된다. 글을 잘 쓰는 게 아니라 가감 없이 나를 드러내며 솔직하게 쓴다. 그러다 보면 점점 나와 결이 비슷한 사람이 조용히 곁으로 다가와 남는다. 나를 위해 쓰기 시작한 글이 이제는 누군가에게 위로와 희망이 되어 닿는다. 그래서 오늘도 나와 이름 모를 누군가를 향해 편지를 띄운다. 단 한 줄을 쓰더라도 마음을 꾹꾹 눌러 담아서.

銀河

선택 1

이럴 수도 저럴 수도 있는 게 삶이라 그런지 모르겠다는 답이 그리 무책임하게 느껴지지 않는다. 하지만 때론 선택을 해야 하고, 나아가야 하니 어물쩍 건너뛸 수만은 없다. 결국 다시 생각하고 정리해야 한다. 삶은 이것의 반복이다. 종종 허무해지기도 하지만 그 또한 모든 것을 한마디로 정의하려는 욕심 때문이 아닐까.

청소 1

계속 불편하다고 느꼈던 침대를 다른 방향으로 바꿨는데 훨씬 편하고 좋다. 혼자 옮기느라 죽을 맛이었지만 꽤 만족스러운 노동이었다. 밀린 설거지를 모두 마치고 시원한 물로 샤워를 하고 나와 선풍기 바람을 맞으며 읽던 책을 마저 읽는다. 종일 한 일이라고는 청소뿐이었는데 어지러웠던 마음이 함께 정리된 기분이다.

夏 - 여름

그리움

요즘 따라 오래전 여행에서 누렸던 시간들이 미친 듯이 그립다. 낯선 듯 익숙한 거리를 걷다 마음에 드는 공간에 들어가기도 하고, 무언가에 쫓기지 않고 하루가 온전히 내 것이던 그때가. 집 앞에 뜬 커다란 달을, 강 위의 다리에 앉아 해가 지는 노을을 한참이나 멍하니 바라봤던 그때가.

수영

왠지 이번 여름은 유달리 늘어지고 무기력하다. 더우니 어디도 가고 싶지 않고, 아무것도 안 하니 딱히 재미가 없다. 유일하게 기대되는 것이 있다면 수영. 하루에 몇 번이고 푸르스름하고 시원한 수영장 물속에 풍덩 빠지고 싶다. 집에서 아침 6시 29분쯤 나와 마을버스를 타고 가면 수업 시간에 딱 맞춰 도착할 수 있다. 오늘은 자유형을 연습하는 날. 귀에 물이 들어가는 게 무섭다고 선생님께 말하자마자 곧바로 "눈, 코, 입 할 것 없이 물이 다 들어가는 게 정상이에요. 여기 수영장 물 다 마신다고 생각해야 실력이 늘어요"라고 하셨다. 대답은 잘했는데 수영장 물은 그만 마시고 싶다.

夏 - 여름

더위

1. 여름의 풍경에는 생동감이 넘쳐난다. 가로수 사이를 걸으면 들려오는 매미 떼 소리. 촉각을 자극할 정도로 따가운 햇볕. 온 세상이 푸르고 자연의 냄새가 다른 계절보다 유독 더 짙다. 이러한 것들이 느껴진다면 나의 모든 감각이 잘 살아 있다는 증거이다. 태국에 다녀온 이후로 그동안 싫어했던 여름을 좋아하게 되었다. 예전에는 땀이 나서 찝찝한 상황들이 마냥 불쾌했는데 '여름이니까 덥고 땀이 난다'라고 바꿔 생각하니 모든 현상이 당연해졌다. 자연스레 흐르는 땀에 짜증을 낼 필요가 없어졌다.

2. 한바탕 땀을 흘린 뒤 집에 들어가자마자 차가운 물로 시원하게 샤워를 하고, 선풍기 앞에 벌러덩 드러누우면 얼마나 개운하고 행복한지 모른다. 약하게나마 불어오는 바람이 반갑고 여전히 선선한 밤공기에는 감사하기까지 하다.
물론 잘 이겨내는 것과 별개로 더운 것은 더운 거다. 그래서 무더위가 심한 날에는 미리 잡힌 약속 외에는 거의 집 밖을 나가지 않는다. 아무것도 하기 싫다. 멈춰 있고 늘어지기 쉬운 계절이다.

3. 하지만 이럴 때 가만히 있는 게 마음이라도 편하면 좋을 텐데, 어쩐지 인생이 재미없고 무료하게 느껴진다. 아무것도 하지 않으면 아무 일도 일어나지 않는 것이 당연함에도 자꾸만 무엇이 문제인지 찾게 된다. 그러고 보면 문제는 늘 마음속의 생각이 일으키는 것 같다. 나는 왜 별것도 아닌 일을 가지고 자꾸 나에게 문제가 있다고 생각하는 것인지. 나를 좀 내버려둬야겠다. 나라도 나를 괴롭히지 않고 모두 괜찮다 말해주어야지.

토마토 2

집에 돌아와서 냉장고에 잠깐 넣어둔 토마토를 꺼냈다. 여름에 차가운 토마토를 야무지게 한 입 베어 물면 시원하면서도 청량감이 느껴지는 게 너무 좋다.

차의 온도

오랜만에 차를 우려 마셨다. 뜨거운 물을 부은 저그의 색이 점점 짙어져간다. 차갑게 마시고 싶어 뒤늦게 얼음을 마구 넣어보지만 빠른 속도로 눈 녹듯 사라져 버린다. 뜨겁게 달아오른 것은 식는 데도 어느 정도 시간이 필요하다. 이도저도 아닌 어설픈 온도가 되어버렸지만 이것도 나쁘지 않다고 생각했다. 요즘 주변 사람들이 삶이 재미없다는 말을 자주 한다. 나도 썩 재미있지는 않다. 그렇다고 마음이 불안한 것은 아니다. 그냥 그렇다. 지금 마시고 있는 차의 온도 정도랄까. 나쁘지도 좋지도 않은 딱 그 정도. 어떻게 인생이 매일 차갑거나 뜨거울 수만 있나. 어쩌면 이게 보통의 나날이 아닐까 싶다.

夏
-
여름

복숭아

장을 보러 마트에 들렀는데 형형색색의 과일 중 천도복숭아가 눈에 들어왔다. 가장 먹음직스러워 보이는 두 알을 바구니에 골라 담았다. 조금 딱딱한가 싶어 고민하며 샀는데 칼이 부드럽게 파고든다. 느낌이 좋다. 껍질째 한 조각을 입에 넣으니 '아, 이보다 더 적당하게 익을 수 있을까?' 하는 생각이 든다. 달달하고 상큼하고. 이 기분을 뭐라고 설명해야 좋을까.
문득 제철을 더 잘 챙기며 살 수 있기를. 지금 나에게 허락된 행복을 더 누리며 살 수 있기를. 허겁지겁 주어지는 대로 살지 말고, 내가 먼저 앞장서 계절을 마중 나가는 삶을 살고 싶어졌다.

10

라디오

오늘 아침은 간단하고 상큼하게 오렌지. 라디오를 켜니 〈출발 FM과 함께〉에서 선곡한 클래식이 흘러나온다. 담백하면서도 묵직한 DJ의 목소리를 통해 소소하지만 행복에 겨운 이들의 사연을 듣고 있으면, 마치 현실과는 다른 시간이 흐르는 또 다른 세계 같다. 날씨가 좋아서 사랑하는 사람과 라이딩을 가기 전 라디오를 듣고 있다는 사연이 지금 막 읽혔다. 너무 낭만적이야!

모종

키우던 오크라 모종에 하얀 꽃이 피고 지더니 이내 자그마한 열매가 나기 시작했다. '꽃을 피우고 열매를 맺는다'는 문장은 자주 들었던 것 같은데 그 과정을 직접 눈으로 지켜본 것은 처음이었다. 우리는 생각보다 알면서도 모르는 게 참 많은 것 같다.

선택 2

오늘 아침은 갓 삶은 따뜻한 계란 두 개. 계란을 살 때는 가격 차이가 나도 '무항생제'라고 적힌 계란을 고른다. 요즘은 무의식적으로 아무렇게나 하던 선택을, 의식적으로라도 보다 나은 선택을 할 수 있게 노력하고 있다. 지금 당장은 달라지는 게 없어도 쌓이면 힘이 클 테니까.

식물

토마토 하나가 빨갛게 익기 시작했다. 날이 더워지니 식물의 변화가 급속도로 빨라진다. 한시라도 눈을 떼면 결과만 보게 되니 더 자주 들여다봐야겠다고 생각했다. 식물을 키운다는 것은 과정을 함께한다는 데 의미가 있으니까.

완두콩

동네 지하철역 앞에 채소를 파는 할머니가 계신데, 많은 양이 필요하지 않으면 그곳에서 사고는 한다. 퇴근길에 항상 내 눈을 사로잡던 초록색 완두콩. 직접 콩을 사본 적이 한 번도 없어 몇 번을 지나치다 어느 날 용기를 내 딱 한 컵만 남아 있던 완두콩을 사왔다. 별거 아닌데, 보고 있으면 알알이 귀엽다.

루틴

이런저런 생각을 해보지만 결국 제자리. 아무것도 하지 않으니 변하는 게 있을 리 있나. 올 여름은 생각을 줄이고 무엇이든 조금씩 해보기로 했다. 특히나 계절 탓에 쉽게 지치기 마련이니 생기를 불어넣어줄 루틴이 필요하다.

그늘

약속 장소에 조금 일찍 도착해서 근처 정류장에 앉아 살짝 벽에 기대고 눈을 감았다. 여름에는 그늘 아래에서 맞는 바람을 사랑한다. 주어진 계절을 오롯이 느끼려면 있는 그대로를 받아들일 수 있어야 한다. 콧등과 인중에 맺히는 땀을 스윽 닦아내고 다시 눈을 감는다. 이따금 시원한 바람이 불었다 멈췄다 하며 애간장을 태운다.

구운 채소

밥을 차리기 귀찮을 때는 채소에 누룩 소금을 발라 오븐에 넣고 구워주면 채소의 단맛이 극대화되어 한 끼 식사로 손색이 없다. 더운 여름에는 불 사용을 최소한으로 하고 최대한 간단히.

상처

곳곳에 짓이겨진 마음과 마주할 때면 안타까워 어쩔 줄을 모르겠다. 뾰족한 방법이 없어 발을 동동 굴러보지만 분노는 쉬이 가라앉지 않는다. 상처는 상처다. 곧 아물 거라 해도 아픔은 아픔이다. 친구의 이야기를 가만히 들어주면서 내가 할 수 있는 것은 무엇일까 생각했다. 맥주 한 캔이 영양제 같다며 애써 웃어보이는 친구의 말에 서글펐던 오늘. 다들 조금 더 행복했으면 좋겠다. 진심으로.

수확

첫 수확을 했다. 지난 5월, 몸과 마음이 유난히 고단했던 날 길가에서 발견하고 사와 버린 토마토 모종. 단단한 열매를 하나씩 손에 움켜쥘 때마다 뿌듯함은 이루 말할 수 없다. 모자란 흙을 채우고 적당한 바람과 알맞은 물을 주니, 더디게 자라서 걱정했던 마음이 무색하게 탐스러운 열매가 열렸다. 뭐든 그렇다. 의문이 들어도 상황에 맞게 조금씩 묵묵히 하다 보면 결실을 얻게 된다. 매일 창가에 서서 마음 다해 보살폈던 시간의 결과가 고작 토마토 네 알을 수확하는 것일지라도. 결과가 아닌 과정에서 이미 행복을 느꼈으니 그것으로도 이미 충분하다.

夏
-
여
름

채소 교환 일기

친한 언니와 함께 하고 있는 채소 교환 일기 프로젝트 덕분에 생소한 채소를 덥석 구매해보기도 하고, 생전 처음 손질해서 요리를 하기도 한다. 혼자였으면 쉽게 지나쳤을 계절을 함께 하며 살뜰히 챙기게 되었다. 우리는 겨우라고 부를 만한 양의 채소를 교환하려 굳이 약속을 잡고 만난다. 채소를 주고받으며 서로의 이야기도 덤으로 얹어주는데, 횟수가 늘어날수록 채소도 우리의 관계도 더 다채롭고 풍성해져갔다. 채소를 교환하려 시작했지만 어느덧 고민을 나누고 미래를 함께 그리는 친구로 발전했다. 이 모든 것은 별거 아닌 것이라도 나누려는 그 마음에서 시작되었음을 잊지 말기로.

마음

요즘은 꽉 차 있다가도 조금 공허한데

우울은 아니고 조금 깊어지고 싶은 마음 때문이다.

일방통행

밤공기

잘려나간 기억의 조각이 오해를 만들기도 하는데 그로 인한 찝찝한 마음을 묵혀두지 않고 꺼냈기에 완전히 풀어낼 수 있었던 오늘. 우리는 서로를 충분히 이해할 수 있음을 잊지 말 것. 집으로 돌아가는데 밤공기가 유난히 가볍다.

산책

주말이 주는 마음의 안정. 나를 쫓는 것들에서 잠시 벗어나는 시간. 인센스를 피우고 창가 테이블에 잠시 앉아 있는데 선선한 바람이 불어왔다. 여름에 이런 바람이 부는 건 반칙인데. 그냥 보내기 아까워 곧장 산책에 나섰다. 일단 걷기 시작하면 무겁게 짓누르던 생각과 감정이 툭툭 떨어져나간다. 가볍게 더 가볍게. 조용한 동네를 누비는 것만으로도 좋은 시간.

생각의 주파수

문제라고 생각하기 시작하면 문제가 아닌 것이 없다. 끝까지 가서 좋을 게 없다면 멈추어야 한다. 생각의 주파수를 잠시 다른 곳으로 맞추고 평범한 일상을 잘 살아내는 데 집중한다. 그것만이 내가 할 수 있는 전부라 하더라도 괜찮다.

Berlin

夏
-
여
름

청소 2

아침부터 집 안을 쓸고 닦고 정리한 뒤 침구도 교체했다. 정리된 공간은 마음에 여유를 가져다준다. 꼭 습관을 들이고 싶은 일 중 하나가 집을 깨끗하게 유지하는 것이다. 물건에 파묻혀 살지 않고 주체적으로 이 공간을 꾸려나가고 싶다.

한여름

지나가다 발길을 멈추게 되는 장면이 있다. 별것 아니지만 마음을 뺏기는 순간. 뜨겁게 내리쬐는 햇빛과 그늘 아래 불어오는 선선한 바람, 나뭇가지가 살랑거리는 풍경은 언제 봐도 아름답다.

夏
-
여
름

쌈

단출하지만 입맛을 돋우는 음식이 몇 가지 있는데 그중 하나가 이런 쌈 종류이다. 데친 채소와 양념장, 고슬고슬한 밥만 있으면 충분하다. 식탁에 앉아 양배추 한 장을 손으로 알맞게 찢어 뜨끈한 쌀밥을 올리고, 간장과 식초가 들어간 새콤달콤한 양념장을 적당히 넣은 뒤 야무지게 싸서 입 안으로 밀어 넣는다. 냉장고에 있던 양배추의 시원함과 갓 지은 밥의 따끈함이 한데 뒤섞여 적당한 온도가 될 때쯤, 소스가 밥알 사이사이로 들어가 맛이 배가 된다. 그래, 이 맛이지! 차린 것 없어도 맛있게 먹는다는 말은 이런 밥상에 가장 잘 어울리지 않을까.

삶의 궤적

삶은 궤적을 그리는 일과 같다. 수없이 왔다 갔다 해야만 한 줄의 선명함이 남을 때도 있고, 욕심이 과해 생각보다 굵은 선을 남기기도 하며 불안함에 꼬불꼬불한 선이 그려지기도 한다. 이 모든 궤적은 하나의 선으로 이어져 있으며 굳이 성공과 실패로 나누지 않아도 된다. 그저 그렇게 살아온 것이고, 살아가는 중인 것이다. 거창한 이유나 목적도 어쩌면 필요 없을지 모른다. 주어진 삶을 최대한 즐길 수 있을 만큼 즐기다 가는 것. 그것이 내가 태어난 이유라 정했고, 그에 맞는 궤적을 묵묵히 그려나가고 있다. 점점 더 자유롭게 그리고 싶은 마음이 꿈틀거린다. 자유로이, 마음 가는 대로, 마음껏.

夏
-
여
름

아침 풍경

온몸이 땀에 젖은 채로 숨을 헐떡이며 매트에 드러누웠다. 자연의 소리가 담긴 음악을 튼다. 의식처럼 가만히 누워 눈을 꼭 감고 숨을 크게 들이마시고 내쉬면서 가쁘게 몰아쉬던 숨을 고른다. 자연의 소리가 귓가에 들리니 마치 숲속에 있는 듯한 착각이 든다. 그러다 갑자기 깜짝 놀라 눈을 뜨고 말았는데, 어디선가 불어온 시원한 바람이 내 몸을 휘감았다. 아주 맑고 또렷한 느낌이다. 가을이 왔다. 가을이 왔음에 틀림없다. 바뀌는 계절을 온몸으로 느끼며 시작한 아침. 이보다 더 상쾌할 수 있을까.

秋 - 가을

자꾸만 어디로든 걷고 싶어지는, 산책하기 알맞은 날씨가 시작됐다. 후덥지근한 바람이 청량하게 느껴지기 시작하면 반가운 마음에 낮이고 밤이고 걷고 또 걸으며 괜히 숨을 한껏 들이쉬고 내쉬며 가을의 향을 만끽한다. 게으름을 피우다간 눈 깜짝하는 사이 사라져버리기에 부지런히 움직일 수밖에 없다.

이 계절에는 도심 속 창밖으로 감나무가 보이던 집에서 살던 때가 자주 떠오른다. 초록 열매가 빨갛게 익어가는 과정을 매일 두 눈으로 지켜봤던, 계절을 그 누구보다 가까이에서 누리며 살았던 그 때. 가진 것이 많지 않아도 나눌 수 있는 게 많았던 그 시간 속에는 주변을 세심하게 살필 여유가 있었다.

노란 햇빛 아래에서 빨래를 탈탈 털어 말리던 작은 테라스와
유럽에나 있을 법한 세모꼴 창문을 가진 다락방을 닮은 집
월세를 받을 때마다 '잘 받았읍니다'라고 감사 인사를 보내오던
할아버지와 낯선 타인을 갑자기 초대해 빵과 커피를 나눠 먹으며
삶에 관해 이야기를 나눴던 세 차례의 모임
동네 이웃에게 건네받은 음식 속에서 다정한 존재를 느끼던 시간

하지만 행복했던 시간도 잠시, 갑작스러운 이사와 함께 점점 일이 바빠지면서 일상의 균형이 무너지기 시작했다. 마치 감나무 집에서의 시간이 한낱 꿈이었던 듯이 아득히 멀어져간다.

秋
-
가을

감나무

창문 밖 감나무에는 열매가 주렁주렁 열렸다. 손만 뻗으면 따 먹을 수 있을 정도로 아주 가까이에 있다. 도심 속에서 커다란 나무를 곁에 두고 살아간다는 것은 정말이지 행운이 아닐 수 없다.

월세를 보냈는데 '받았습니다. 좋은 하루 되세요. 연희주인'이라는 문자가 답장으로 왔다. 당연한 것을 당연하다 여기지 않는 것. 행복은 어쩌면 거기서부터 시작되는 게 아닐까.

秋
-
가
을

석양

한남대교 위에서 버스를 기다리는데 석양이 예쁜 하늘을 보고 있으니 마음에 행복이란 게 가득 차올랐다. 그럴 때마다 행복, 참 별거 아니라는 생각이 든다.

秋
-
가을

집

낮에는 이불 빨래를 해서 널어두고 해가 질 때까지 집 구석구석을 청소하고 정리했다. 그런 다음 여행지에서 사온 티백으로 물을 끓이고 통에 담아 잠깐 식혀두었다. 조금 귀찮지만 시간을 들여 우려낸 물이 고소하고 훨씬 더 맛나니까.
여전히 집 안 곳곳에는 손볼 곳이 많다. 하지만 조급해하지 않고 오히려 천천히 시간을 들여 고심해서 바꿔나간다. 처음부터 완벽하게가 아닌 살아가면서 필요한 것들을 조금씩 채워나간다.

秋
-
가을

이해

단편적으로 보면 이해가 안 되던 것들도 더 깊숙이 들여다보면 고개가 끄덕여질 때가 있다. 쉽게 놓지 않고 조금 더 상대의 마음을 헤아리려는 노력이 있을 때, 서로의 오해를 줄이는 기회가 생긴다.

秋
-
가을

장보기

퇴근길, 마트에 들러 장을 봤다. 카레를 만들기 위해 흙이 묻은 감자 두 개, 당근, 양파, 고기 등을 골라 담았다. 계산을 해주시는 아주머니께서 "맛있게 요리해서 드세요. 해먹는 게 제일 좋은 거야"라고 말씀하셨다.
매일 저녁, 다음 날 회사에서 먹을 점심 도시락을 준비하는 것이 나의 저녁 루틴 중 하나이다. 건강한 재료를 골라 직접 다듬고 요리하는 시간을 통해 삶을 채우고 만들어가는 기분을 맛본다. 요즘 내 일상은 도시락에 놓인 반찬들처럼 귀엽고 다채롭다.

秋
-
가을

집의 구조

지금 살고 있는 집은 구조가 참 특이하다. 현관에 들어서면 바로 작은 부엌이 보이고, 좁은 통로를 지나면 하나의 공간이 펼쳐진다. 모든 천장이 사선이라 다락방 느낌이 들고, 특히 유럽에 있을 법한 창문 너머로 보이는 감나무가 이국적인 풍경을 만들어준다.

秋
-
가
을

감정

불필요한 감정이 반복되면 사람은 지치기 마련이다. 누구로 인한 것이든 그 감정을 마음속에 불러들여 폭풍처럼 더 휘몰아치게 만든 것은 나이기에, 그것을 잠재우는 일 또한 나의 몫이다.

감

낮잠을 자고 일어나 새빨갛게 물든 감나무를 보며 차를 마시고 있는데, 마침 주인아저씨가 감을 따고 계신다. 창밖으로 머리를 내밀고 인사를 한 뒤 "이 감 먹을 수 있는 거예요?" 했더니, "손 뻗어서 마음껏 따 먹어요!" 하신다. 머릿속으로 상상만 했었는데 아저씨 말씀에 힘입어 감을 따고 있으니 묘한 기분이 든다. 도심에서 창밖으로 손을 뻗어 감을 딸 수 있다니. 흐르는 물에 깨끗이 씻어 햇빛이 잘 드는 창가에 감 두 개를 가지런히 놓아두었다. 딱딱한 감보다는 말랑한 홍시를 좋아하니까.

秋
-
가
을

빨래

출근 전 널어놓은 빨래를 노을이 질 때쯤 걷었다. 뽀송뽀송 잘 마른 빨래를 탈탈 털면 기분 좋은 향이 퍼진다. 때마침 가을이라는 계절에 딱 알맞은 청량한 바람이 불어온다. 이것이 바로 조기 퇴근의 행복.

삼치

달궈진 팬 위에 삼치 한 조각을 넣고 살짝 굽는다. 이때 물을 한 스푼 정도 넣어주면 더 촉촉하게 구울 수 있다. 반찬은 먹을 만큼만 접시에 담아낸다. 별로 한 게 없는데 금세 테이블이 풍성해진다. 삼치의 하얀 살을 와사비장에 톡 찍어 먹는다. 비리지 않고 촉촉하다. 시간을 들여 반찬 하나하나의 맛을 천천히 음미하며 먹는다. 소박한 음식도 감사히 여기는 마음만 있으면 최고의 음식처럼 느껴진다.

秋
-
가
을

물건

테이블을 옮기다가 찻주전자를 떨어뜨려 산산조각이 났다. 예전 같았으면 안타까워서 어쩔 줄 몰라 했을 텐데, 지금은 그런 마음이 들지 않는다. 물건에 대한 집착이 많이 사라졌다. 애정이 사라졌다기보다는 갑작스러운 이별에도 '너와 나의 인연은 여기까지인가 보다' 하고 보낼 수 있게 되었다. 쉽게 사고 버리는 것에 대해 종종 생각한다. 수많은 물건과 만나고 헤어지면서 어떤 마음으로 물건을 대하면 좋을지 나름의 기준이 생겨나기 시작했다. 시작은 오랫동안 함께할 것을 생각하되 그렇지 못하게 되더라도 너무 슬퍼 말기로. 사람과의 인연처럼 다 제짝이 있다고 생각하면 아쉬울 것 하나 없다.

秋
-
가
을

밤

오랜만에 동네 이웃을 만났다. 그녀는 자리에 앉자마자 준비한 것이 있다며 겉옷 안에 품고 있던 무언가를 꺼냈다. "식었으려나… 아, 아직 따뜻하네"라며 건네준 것은 밤이었다. 그녀는 그냥 주면 바빠서 바로 안 해 먹을 것 같아 직접 삶아서 왔다고 했다. 동글동글 모양이 참 예뻐 이름을 물으니 옥광밤이라 했다. 건네받은 밤을 두 손으로 감싸 안으니 따스한 온기가 고스란히 전해졌다. 살짝 깨물어 반으로 가른 다음 숟가락으로 알차게 파 먹는 이 맛. 덕분에 가을을 제대로 맛보았다.

유통기한

식재료 정리를 할 때가 온 것 같다. 잠깐 스치듯이지만 선반 위 식재료의 지나버린 유통기한을 보게 된 것이다. 신경 쓰지 않으면 허무하게 버려진다. 욕심내지 않고 내가 챙길 수 있을 만큼만. 음식이든 무엇이든 말이다.

秋
-
가을

밤 조림

동네 이웃의 부모님이 살고 계시는 공주에 가서 직접 수확한 밤으로 밤 조림을 만들어보기로 했다. 황토와 나무로 지은 오두막에 인위적인 부분 하나 없이 정겨움 가득한 부엌에서 장장 3시간에 걸쳐 어렵게 만들었다. 순간순간 이 노동의 대가를 채워줄 맛일지 의문이 들기도 했지만, 잘 졸여진 밤 한 알을 입에 넣는 순간 두 눈이 번쩍 뜨였다. 이렇게나 부드럽고 달콤한 맛이라니. 속껍질을 남겨둔 덕분에 단맛이 더 스며들어 맛이 극대화되고, 색도 본래의 밤껍질처럼 진해져서 먹음직스러워 보였다. 결론은 긴 시간 노동을 해서라도 맛볼 가치가 충분하다는 것.

J.S.BACH

秋
-
가
을

여행

여행은 수많은 기준과 말들로 꽉 차 있는 시간 속에서 나를 잠시 꺼내주었고, 스스로와 대화할 수 있는 조용한 방 하나를 선물해주었다. 나는 그곳에서 여유롭게 하고 싶은 것들을 하며 소란을 잠재우고, 다시 돌아가도 크게 흔들리지 않도록 스스로를 다독이며 마음을 다잡는 시간을 가졌다. 일상 속에서도 그런 시간들이 필요한 것 같다. 숱한 말들에 또 하나의 말을 보태기보다 가만히 들여다보고 잘 걸러내는 것.

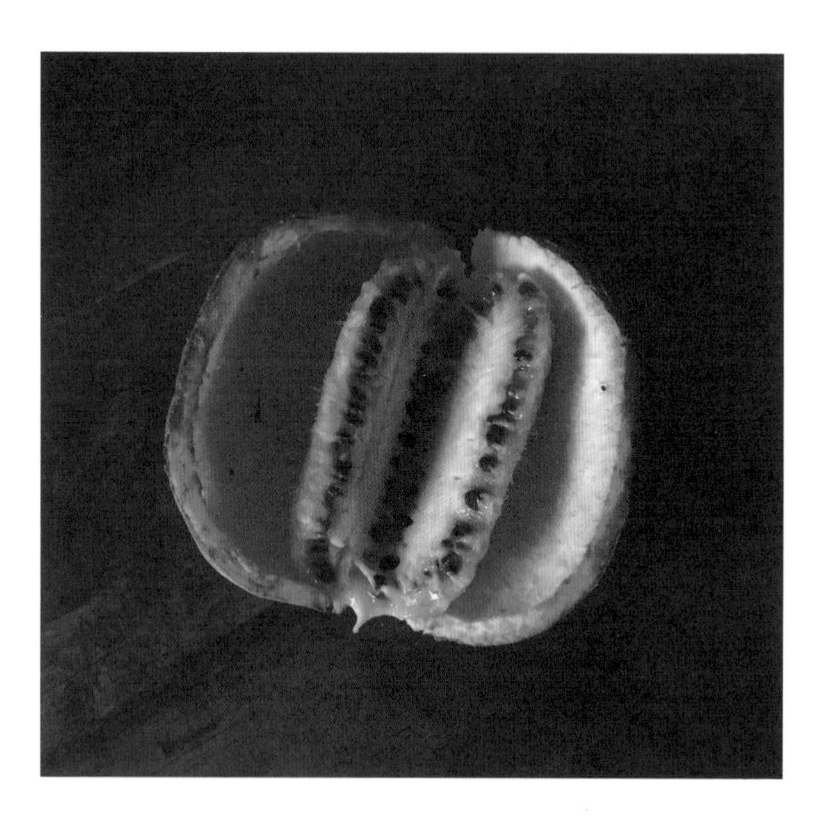

秋
-
가을

으름

태어나서 처음 보고 먹어본 으름. 9~10월이 제철인 열매로 한국의 바나나로 불린다고 한다. 실제 맛은 바나나보다 훨씬 더 부드러운데 말로 어찌 설명할 수 없는 것이 특징. 먹을 수 있는 과육보다 뱉어내야 하는 씨가 더 많은 것 같지만 그 묘한 매력에 자꾸 더 손이 간다. 시중에서는 보기 어려운, 시골에서도 운이 좋아야 볼 수 있다는 귀한 과일.

시간

그동안 나와 집을 너무 방치했다. 모른 척 지나온 시간이 고스란히 지금의 나를 괴롭힌다. '스스로를 잘 챙기는 것도 중요한 일이야'라고 계속해서 되뇌어본다.

명란 참기름 덮밥

명란 후리카케 유통기한이 다 돼서 급하게 만들어 먹은 '명란 참기름 덮밥'. 짭조름한 명란과 고소한 기름을 흰쌀밥에 얹어 먹으니 참 별미다. 평일은 대부분 회사에서 밥을 먹기에 주말만을 위해 장을 본다는 게 쉽지는 않다. 하고 싶다는 마음 하나에 못 할 이유는 수십 개. 그냥 버릴 수도 있었던 재료로 맛나게 한 끼를 먹었던 오늘의 마음을 잊지 말 것.

출근길

출근길 버스 안. 밖을 가장 잘 볼 수 있는 자리에 앉았다. 요즘은 왠지 모르게 마음이 춥다. 으슬으슬한 한기가 자꾸 옷 사이사이로 파고들어서 그런가. 아침에 일어나면 잠겨 있는 목이 불편해 헛기침을 내며 하루를 시작한다. 버릇처럼 '아프면 안 되는데'라는 말을 자주 하게 된다. 아프면 나조차도 나를 감당할 수 없게 되는데, 그런 무기력함을 견딜 여력이 지금은 없다. 거리에 샛노랗게 물든 가로수가 보이기 시작한다. 아름답다. 가을이 지나가는 것을 아쉬워하기보다 지금의 시간을 최대한 즐기자고 다짐해본다.

Always by your side
Always

秋
-
가을

버스

1. 휴가를 마치고 다시 일상으로 복귀하던 날이었다. 버스를 타고 출근하던 길의 한 정거장에서, 외국인 아저씨들이 한 번에 우르르 올라탔다. 마침 자리도 내 앞과 뒤 그리고 옆이었다. 나는 외국인만 보면 입이 근질거리는 경향이 있는데, 이건 영어를 잘하는 것과는 무관하다.

2. 말을 걸까 말까 고민하다 뒷자리에 앉아 있던, '1894'라고 적힌 티셔츠를 입은 아저씨에게 말을 걸고 말았다. 여행 중이냐는 아주 당연한 질문을 시작으로 그들이 네덜란드에서 왔다는 것과 여행 일정, 더불어 미용실에서 머리를 자르고 싶다는 희망 사항까지도 알 수 있었다.

3. 나는 대화를 하다 말고 그에게 이렇게 말했다.

"나는 매일 이 버스를 타고 출근하는데, 오늘은 특별한 날이에요."

"왜요?"

"당신들을 만났잖아요!"

그러자 아저씨가 활짝 웃으며 이렇게 답했다.

"우리도 오늘이 특별해! 너를 만났으니까."

홍시

이웃의 냉장고에서 집어온 감 두 개. 하나는 바로 먹고 하나는 익혀 먹으려고 창가에 두었는데, 바빠서 신경을 못 쓰고 있던 와중에도 감은 서서히 익어 내가 좋아하는 홍시가 되었다. 감을 보다 문득 단단하면서도 때로는 말랑말랑한 사람이 되고 싶다는 생각이 든 오늘.

秋
-
가
을

조깅

땀을 흘려도 기분 좋은 계절이 왔다. 9월을 맞이하여 가볍게 조깅 시작. 선선한 바람을 가르며 두 발로 힘차게 땅을 딛고 달린다. 이마에 가득 맺힌 땀방울을 손으로 닦아내고, 챙겨온 물을 마신다. 상쾌한 공기를 있는 힘껏 들이마셨다가 내쉬기도 하고, 잠깐 멈춰 서서 하늘을 올려다보기도 한다. 살아있음을 느끼는 방법은 참 다양하구나. 온몸을 활기차게 움직여주니 몸 안의 모든 세포가 춤을 추는 기분이다.

秋
-
가을

낮잠

강가에 의자와 돗자리를 펴고 커다란 나무가 만들어준 그늘에 자리를 잡고 누웠다. 고개를 돌리면 거대한 산 아래 햇빛에 반짝이는 강이 끝없이 펼쳐져 있다. 강물이 강가에 부딪히는 소리는 마치 눈을 감고 들으면 해변의 파도 소리와 비슷하다. 잠이 올까 했는데 귓가에 들리던 소리가 점점 고요해지더니 이내 단잠에 빠져들어 두 시간이나 낮잠을 자고 말았다.

생각

우리는 생각해야 한다. 그리고 알아야 한다. 알고 있는 것보다 더 잘 알아야 한다. 나는 어떨 때 행복한지, 어떨 때 괴롭고 슬프고 아픈지. 그렇게 경험치를 쌓다 보면 이전보다 원하는 것을 조금 더 가까이, 싫어하는 것은 멀리할 수 있게 된다.

秋
-
가을

체력

예전에는 회사에서 충분히 많은 시간과 에너지를 쓰느라, 집으로 지쳐 돌아온 나에게 나머지 시간을 더 잘 쓰지 못한다고 꾸짖었다. 하지만 지금은 충분히 고생했다고 다독여주고, 무얼 하지 않아도 괜찮다고 말해준다. 그리고 쓸 수 있는 에너지를 더 많이 만들기 위해 매일 운동을 하고 있다. 하고 싶은 것을 더 많이 하려면 체력이 필요하다. 체력이 없어서 운동할 힘이 없고, 운동을 못 해 체력이 없는 이 지긋지긋한 악순환을 끊어내려면 고통을 감내하는 시간이 필요하다. 귀찮음과 피로와 싸워내느라 매일이 전쟁이지만 중요한 것은 어떤 마음이 이기고 지든 간에 계속해서 이 싸움을 해간다는 점이다.

秋
-
가을

변화

제대로 된 변화는 한 번이 아니라

켜켜이 쌓이면서 일어나는 것.

계절

어디선가 계절을 느끼고 살고 있다면 마음이 건강한 거라는 말을 들은 적이 있다. 점점 손발이 차가워지는 계절이 다가오고, 주말에는 두꺼운 옷을 미리 꺼내둬야겠다. 여전히 일은 바쁘지만 예전처럼 조급해하지 않는다. 하나씩 천천히 하다 보면 다 잘 될 거야.

秋
-
가
을

채소

양상추와 같은 채소를 통으로 사다 보니 먹는 것 반, 버리는 것 반이라 부담이 됐다. 특히 샐러드 재료들이 그랬다. 그러다 지난주 주말에 여러 종류의 채소를 싸게 사는 법을 터득했다. 바로 모듬 쌈 채소를 저울에 달아 판매하는 코너 이용하기. 그러면 종류를 원하는 대로 고를 수 있고 양도 조절할 수 있다. 싱싱한데 가격도 저렴해 장 보는 재미가 두 배로 늘었다.

일상

매번 일은 바쁘고 시간은 부족하게만 느껴진다. 아침을 먹는 것도, 점심에 산책을 하는 것도, 운동을 하는 것도. 모두 그냥 주어지는 게 아니라 사수해야 하는 것이었다. '아무리 바빠도 챙길 것은 챙기며 살자' 하고 쓴소리를 하려다 '충분히 잘하고 있어'라고 다독여본다. 다그치기보다는 스스로에게 다정한 존재가 되어주자고 마음먹게 되는 나날들.

秋
-
가
을

끝과 시작

지난여름, 시원한 물이 흐르는 계곡에 발을 담그고 그 계절에 어울리는 문장을 읽었는데. 그 뒤로 한참이 지난 가을쯤 책의 마지막 페이지를 읽고 덮었다. 재촉하지 않아도 끝과 시작은 어딘가에 있는 듯하다. 모든 것은 다 때가 있는 법.

아침

가을의 색으로 물든 오늘의 아침 식탁. 단출해 보여도 먹고 나면 속이 꽤나 든든하다. 요즘은 호르몬에 지지 않으려고 부단히 노력중이다. 물론 마음대로 되는 것은 아닌지라 노력이 의미가 있나 싶다가도 긍정의 말에는 힘이 있으니까. 하지만 이러한 생각도 잠시, 금세 마음이 울컥, 코끝이 시큰거린다.

균형

요즘은 일이 끝나면 바로 잠에 들어 새벽 6시쯤 기상한다. 이불 속에서 조금 뒹굴다 일어나 이불 정리를 하고 운동을 한 뒤 아침 준비를 한다. 식사가 준비되면 테이블에 놓고 창가의 문을 활짝 연다. 햇빛과 함께 차디찬 바람이 '훅' 하고 들어오지만 환기를 위해 잠깐 열었다 닫는다.
일상에서 좋은 습관을 만들고 싶었는데 조금씩 자리를 잡아가고 있다. 장을 보는 것, 아침을 준비하는 것이 더는 힘들지 않고 자연스러운 일과가 되었다. 이제는 무의식적으로도 나를 위한 일을 할 수 있게 되어 기쁘다. 일상에 또 어떤 것을 더해볼까. 기분 좋은 고민이다.

秋
-
가
을

사과

오늘의 아침은 로메인, 치즈, 약간의 꿀 그리고 사과. 사과 하나를 한 번에 먹는 게 생각보다 쉽지 않다. 그래도 아침에 챙겨 먹기 좋은 간편한 과일 중 하나라 장바구니에 자주 담는다. 운동도 성공! 아침부터 미션 하나를 완수하니 기분이 산뜻하다.

고향집
味 갈매기살전문
서대포집
763-7752

秋
-
가
을

포장마차

종로3가 길거리에 있는 어느 포장마차에서 오랜만에 술을 마셨다. 영화나 드라마가 만든 환상일 수도 있지만 이곳에 오면 특유의 감성이 있다. 한가득 떨어진 노란 은행잎을 밟으며 걸었다. 때마침 비도 적당히 내려서 더 분위기 있게 느껴졌다. 길거리에는 적당히 씁쓸하고 반짝이고 먹먹한 기운이 깔려 있었는데, 술기운을 빌려 괜히 이리저리 몸을 휘청거려본다. 함께 술잔을 기울일 수 있는 친구가 곁에 있어 얼마나 다행인가. 괜히 친구의 팔에 기대어 얼굴을 묻고 부비적거린다. 혼자여도 함께여도 외로운 게 인간이라던데, 그래도 지금만큼은 함께여서 좋다.

秋
-
가을

빵과 수프

빵과 수프. 이 두 단어는 나란히 놓아두기만 해도 마음이 몽글몽글해진다. 진득한 버섯 크림 수프에 씹을수록 고소한 견과류가 박힌 빵을 곁들였다. 손으로 한입 크기만큼 찢어 수프에 푹 하고 찍어 꾹꾹 씹어 먹으면 담백함과 고소함이 입안에 가득 퍼진다.

초승달

예쁜 초승달을 시작으로 쏟아질 것처럼 하늘을 가득 수놓은 별을 돗자리에 누워 한참이나 바라봤다. 지금처럼 매 순간순간 진심으로 살아가다 보면 꽤 괜찮은 인생이 되어 있지 않을까.

秋
-
가을

안개

안개 낀 듯 분명하지 않은 나날의 연속. 그럴수록 시간을 흘려보내는 대신 움켜쥐려고 노력 중이다. 어떤 글을 써야 하나 막히는 순간이 있는데, 그럴 때는 누구의 마음이든 들여다본다. 그곳에는 하고 싶은 말, 듣고 싶은 말이 있다. 글은 잘 쓰고 못 쓰고를 떠나 결국 누군가에게 닿아서 어떤 방향으로든 도움이 되면 그뿐. 다시 안개가 걷히고 분명한 마음이 다시 차오르기 시작한다.

의미

미니멀리스트가 되고 싶다기보다는 나에게 정말 필요한 것들로만 곁을 채우고 싶어졌다. 비단 물건뿐만이 아니라 여기저기 흩어져 있는지도 모를 사진이나 정보도 마찬가지. 무엇이 됐든 쓰지 않으면 의미가 없으니까. 충분히 쌓아뒀으니 이제는 잘 꺼내어 쓸 차례.

이유

나는 소박한 것에 잘 울고 잘 웃는다. 예쁜 노을이 지는 하늘, 에너지가 느껴지는 건강한 밥상, 계절을 지나치지 않는 것. 그것으로도 이미 행복한데. 나는 지금 어딜 향해 그리도 열심히 달리고 있을까. 스스로에게 물어보니 그럴 이유가 딱히 없었다.

秋
-
가
을

질문

나는 현재 인테리어 분야에서 일을 하고 있지만, 정작 인테리어라는 키워드에 초점을 맞추지는 않는다. 운영하고 있는 커뮤니티에서도 집을 기반으로 한 기록과 일상, 삶에 대한 이야기를 하도록 만들고 있다. 어찌 보면 인테리어는 더 나은 삶을 위한 시작점일 뿐. 결국에는 그곳에서 어떻게 살아가야 하는지에 대한 더 중요한 질문이 여전히 남아 있다. 어차피 정답 따위는 없기에 계속 질문을 던질 뿐이다. 누군가 스스로 답해보기 바라는 마음으로.

Dear, House
the world
of apartamento
A Good Meal

秋
-
가
을

습관

항상 그렇듯 일찍 자고, 일찍 일어나서 산책을 한다. 돌아와서는 따뜻한 차를 마시며 책을 읽는다. 여행을 가더라도 평소의 일상과 별반 다를 것 없이 자연스럽게 시간을 보낸다. 좋은 습관을 가지고 있으면 어디에 있든 평온한 시간을 보낼 수 있다. 결국 중요한 건 어디에 있느냐가 아니었다.

불안과
경쟁 없는
이곳에서
헬렌 니어링의
소박한 밥상
만성염증을 치유하는 한 접시 건강법
이경미 지음

秋
-
가
을

적당한 레시피

《헬렌 니어링의 소박한 밥상》이라는 책을 보면 레시피가 정확한 계량 없이 대략적으로 나와 있다. 처음에 볼 때는 당황스러웠는데 생각해보니 그러한 부분이 오히려 음식을 더 자유롭게 대하도록 만들어주었다. 뚜렷한 기준과 설명이 없으니 실패라는 개념이 사라졌다. '이렇게 혹은 저렇게 하고 싶은 대로 한번 해봐'라는 말에서 불안감을 벗어 던질 수만 있다면 다양한 가능성과 용기가 끝없이 피어오른다.

짙어지는 시간

짙어지는 시간이 필요했던 것 같다. 어쩌면 가을처럼 익어가고 싶었던 것일지도. 매번 스치듯 아등바등 열심히 살았는데, 적어도 개인의 삶은 지금보다 더 비효율적이면 좋겠다고 생각했다. 불편을 감수할 줄도 알고 타인을 더 이해하고 감정을 소모할 줄도 아는. 빠르게 돌아가는 세상에서 불필요하다고 치부되는 것을 더 잔뜩 껴안으며 살고 싶다.

과정

이상에 닿지 않았다고 해서 현실이 별로인 것은 아니다. 모두 그 과정에 있고 결국 이뤘다고 해도 결과는 순간이고 또 다른 여정을 시작해야 할 테니까. 우리는 한순간이 아니라 삶의 전체를 모두 아끼고 살아가야 한다. 시간은 나눌 수 없다. 그저 하나의 줄기로 그렇게 흘러갈 뿐이다.

마지막 손님
무과수님을 기다리며.
숙소를 운영해본 건
처음이었어요.
아주 잠깐 동안이었네요
행복했다고 해주는 사람들
덕분에 저도 행복했네요
길지 않았지만 깊은 산책을
한 기분이에요. 한참 앉아서
바라보던 호수를 떠나기 전
한번 또 한번 돌아보는
눈빛 같은 마음으로
빛이 합니다. 잘하고 싶은 욕망도
소박하게 환영합니다.
내려놓은 진정 고요한 곳에서
키미

秋
-
가
을

다정한 사람

나는 다정한 사람이 좋다. 말 한마디에서 따뜻함이 묻어 나오고, 쉽게 단정 짓지 않고, 어떠한 프레임도 씌우지 않고 나를 있는 그대로 봐주는 사람. 요즘 같은 때는 더욱 그런 사람이 소중하다.

秋
-
가
을

고구마

추운 바람이 불기 시작하자 마음이 움츠러들기 시작했다. 생각도 날이 선 듯 깊게 파고든다. 그러다 감정에 무던해질 때쯤이면 오히려 어떠한 결정도 어렵지 않은데 실은 그게 더 무섭다. 고구마를 찜기에 넣고 쪘다. 타이머가 울리면 젓가락을 하나 꺼내 고구마를 푹 찌른다. '잘 익었네.' 고구마의 따스한 온기 덕분인지 마음이 조금 누그러지는 듯하다. 오늘도 이렇게 작은 것으로 위안을 얻는다.

冬 - 겨울

발목까지 덮는 기다란 코트를 입고, 소복이 쌓인 눈을 밟을 수 있어 좋았던 겨울이 점점 나이가 들수록 두려워지기 시작했다. 잔뜩 웅크려도 기어이 내 품을 파고드는 칼바람에 마음은 점점 차갑게 얼다 못해 부서져갔다. 스스로 만든 동굴에 갇혀 끝없는 암흑의 터널을 지나듯, 혹독한 겨울은 끝을 감춘 채로 계속 이어졌다. 마치 다시는 봄이 오지 않을 것처럼. 그럴 때 무기력한 마음을 일으켜 세운 것은 정말 별것 아닌 일이었다.

골목길 계단에 내려앉은 작은 빛의 조각과
깜깜한 새벽 건너편 성당에서 새어 나오는 따스한 불빛이 보이던 창가

동네 지하철역 앞에 있는 땅콩 과자와 붕어빵
길거리에 서서 호호 불어 먹어야 제맛인 어묵 꼬치
단단한 채소를 푹 끓여 만든 국과 스프
정성스럽게 벗겨낸 귤을 천천히 저어 만든 달콤한 잼

무너졌던 균형을 다잡고 잠시 쉬어가는 법을 배운다. 멈춰 있는 듯 보이지만 바삐 사느라 놓치고 있었던 일상을 회복하는 시간. 이제 어떠한 추위도 더는 두렵지 않다. 그럴수록 더 뿌리를 깊게 내려 더 단단하게 버텨낼 테니까.

冬 - 겨울

눈

자고 일어나 창문을 여니 간밤에 눈이 쌓였다. 요즘 나의 삶 속에 낭만이 없어진 것 같아 서글펐는데 하얀 눈을 보고 있으니 잊고 있던 낭만이 하나둘 떠올랐다. 나는 겨울을 좋아한다. 코트를 여미고 니트 모자를 눌러쓴 따스함이 좋아서.

冬
-
겨울

귤 잼

눈을 뜨자마자 냉장고에 가득 차 있는 귤을 꺼내 정성스럽게 껍질을 벗겨낸다. 부지런히 손을 놀릴수록 바구니에는 귀여운 알맹이들이 옹기종기 쌓여간다. 도중에 방 안으로 해가 들이치기 시작해 혹시나 하고 시계를 보니 역시나 10시다. 하루를 온종일 들여다본 사람만이 해를 보고 시간을 알아차릴 수 있다. 계절마다 어느 창가에 몇 시쯤 해가 드는지 아는 사람의 마음에는 일상이 디테일로 가득 차 있을 것이다.

정성껏 껍질을 벗긴 귤을 설탕과 함께 냄비에 넣고 졸여낸다. 고작 작은 병 두 개에 채워질 정도의 양을 만들기 위해 반나절을 썼지만 입가에는 미소가 가득하다.

40
40

冬
-
겨
울

아침 1

1. 6시 30분. 휴대폰 속 '오전'이라는 표시가 없었다면 밤인지 아침인지 몰랐을 시간. 겨울의 아침은 긴 밤에서 여전히 헤어나오지 못한 듯 어둡기만 하다. 깜깜한 아침, 눈을 떠 출근 준비를 한 뒤 주섬주섬 옷을 입을 때쯤에야 비로소 푸르스름한 빛이 새어 나오기 시작한다. 유난히 추운 날이다. 발이 꽁꽁 언 듯 시리다.

2. 팟캐스트 〈이동진의 빨간책방〉 중 '바깥은 여름 2부'를 들으며 창밖을 보는데 거무죽죽하던 어제의 하늘과 달리 오늘은 어여쁘다.

집 밖을 나서서 버스 정류장으로 걸어간다. 그러고는 매번 같은 버스에 올라탄다. 아침 8시쯤이면 해가 버스 의자에 앉은 내 눈높이쯤 떠 있는데, 오늘은 유달리 또렷한 주황빛을 내고 있다. 아직은 빛이 약해 해를 정면으로 쳐다볼 수 있다. 그럴 필요는 없지만 괜히 눈을 한 번 더 크게 떠서 빛을 마주해본다.

3. 새벽빛에 노랗게 물든 반포대교를 지나는 순간, 달리는 버스 안에서 지금과 비슷한 자리에 앉아 창문을 열고 바람을 맞으며 음악을 듣고 있는 나를 떠올려본다. 그 계절은 봄과 여름 사이, 여름과 가을 사이가 좋겠다. 뿌옇게 된 창문을 왼쪽 소매로 문지르고 멍하니 바깥 풍경을 바라본다. 꽉꽉 닫힌 문을 마음껏 활짝 열 수 있는 계절을 기다리며, 잠시 상상으로나마 다른 계절에 머물러본다.

어묵

겨울에는 김이 모락모락 나는 포장마차를 그냥 지나치기 어렵다. 예의상 하는 갈등은 매번 답이 정해져 있다. 먼저 종이컵에 국물을 가득 담고 잘 익은 어묵 꼬치 하나를 꺼낸다. 그렇게 한 입 두 입 먹다 어묵이 식을 때쯤, 아직 온기가 남아 있는 뜨끈한 국물을 호로록 마셔준다. '캬' 하고 입을 벌리는 순간 하얀 입김이 눈앞에 퍼져나간다. 역 근처의 땅콩 과자와 붕어빵도 마찬가지. 온기 가득한 봉투를 품에 안고 오다 그새를 못 참고 한 입 베어 무는 그 순간의 행복이란. 다음을 기약하다가는 언제 사라질지 몰라, 누릴 수 있을 때 맘껏 누려야 한다. 시린 계절에만 느낄 수 있는, 겨울의 맛.

冬
-
겨울

장보기 미션

장을 볼 때 나만의 노하우가 있다면, 금액을 정해두고 미션을 하듯이 재료를 고르는 것이다. 규칙은 정해둔 금액을 최대한 남김없이 다 쓰는 것. 문득 예전에 인기 프로그램이었던 〈행복 주식회사-만 원의 행복〉이라는 방송이 떠오른다. 제한된 상황에서 합리적인 소비를 했을 때 느낄 수 있는 그만의 기쁨이 있다. 건강한 재료로 이것저것 가득 담았는데 9,930원이 나왔다. 오늘의 장보기 미션도 성공!

402

체력

머피의 법칙처럼 항상 횡단보도에서 신호를 기다릴 때면 저 멀리 타야 할 버스를 발견하고는 했다. 그럴 때 주로 포기하지 않고 신호가 바뀌자마자 전력 질주를 하는데 다음 버스를 기다렸다 탈 수도 있지만 생활 속 체력 증진을 위한 나만의 방법. 예전에는 '아, 망했어' 하고 뛸 시도조차 하지 않았는데 지금은 먼저 도착해서 기다릴 정도가 되었으니 효과는 좋은 편. 자칭 저질 체력인 내가 자발적으로 뛰기 시작한 것부터가 기적에 가까운데 몸이 가벼워짐을 직접 느끼다 보니 점점 더 이 기쁨을 놓치고 싶지 않아진다.

꽃

꽃을 잘 다듬어 창가에 두었다.

꽃 하나로 봄이 한발 앞서 찾아온 듯한 기분이 든다.

冬
-
겨울

알람

알람이 울린다. 눈을 뜨자마자 음악을 튼 뒤 다시 눈을 감는다. 두 번째 알람이 울릴 때가 되어서야 몸을 뒤척여 어젯밤 머리맡에 두었던 물을 마신다. 밖은 여전히 깜깜하지만 창밖 가로수에서 비추는 불빛 때문에 사물이 어설피 보인다. 마치 달빛 같아 한동안 그 빛이 드리운 자리를 멍하니 쳐다보았다.

온기

'오늘 눈 온다는데 예쁘게 내렸으면.'

(눈이 온 뒤)

'생각보다 많이 와.'

아침에 눈을 뜨니 메시지가 연이어 도착해 있었다. 내용을 확인하자마자 벌떡 일어나 곧바로 창문을 열어젖혔더니 거짓말처럼 굵직한 눈이 내려 쌓이고 있었다. 작년에도 이런 이야기를 주고받았던 것 같은데, 우리는 여전히 눈을 보며 좋아하고 있구나. 사진을 찍어 보고 싶은 가족에게도 보내고 괜히 눈이 온다는 핑계로 오랜만에 엄마에게도 전화를 했다. 요즘은 가족의 품이 그립다. 추운 겨울이 오니 온기가 고프다.

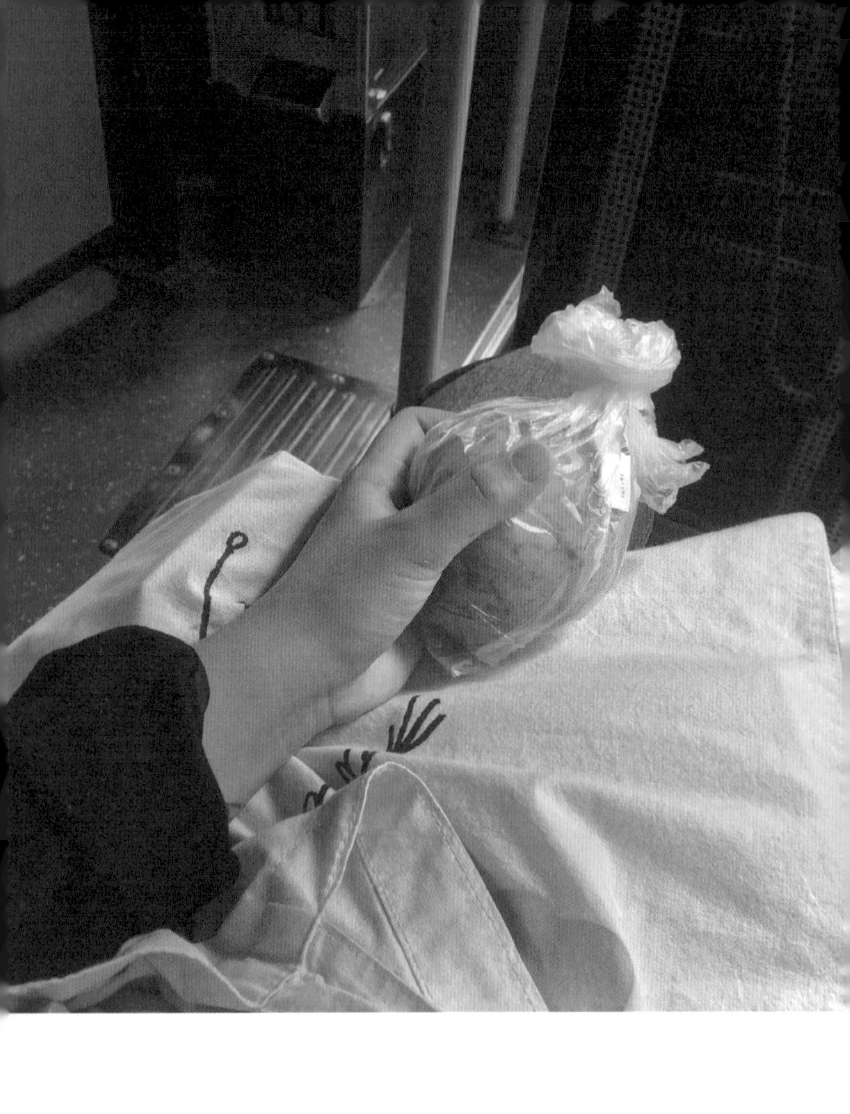

冬
-
겨울

몸

요즘은 나도 무슨 정신으로 살고 있는지 잘 모르겠다. 모든 것이 나를 시험에 들게 하지만 그렇다고 크게 동요하지는 않는다. "요즘 스트레스 받는 일 있어?"라고 누군가 물으면 "신경 쓰이는 일은 있지만, 그 정도까지는 아닌데…"라고 답한다. 하지만 몸은 나도 모르는 스트레스를 흡수해뒀다 예상치 못한 순간에 우르르 고통을 뱉어낸다. 생각은 어떻게든 속여도 몸은 너무나 정직하다.

우리

한쪽이 애써야 하는 관계는 지속하기 힘들다. 반면에 구태여 설명하지 않아도 자연스레 결이 포개어지는 만남은 마음이 평온하다. 그런 사람들과 만나면 남이 아닌 나 혹은 우리의 이야기를 할 수 있어 좋다. 그렇게 서로에 대해 조금 더 알아간다. 함께하는 시간을 쌓다 보면 우리라는 세계가 더 넓어진다.

위로

'지치기 전에 떠나는 연습이 필요하다는 생각이 들었어요. 고갈된 채로 여행을 가는 게 아니라 쉬어가야 할 타이밍에 알맞게 가는 거죠.'
프라하에서 누군가에게 쓴 편지 중 일부인데 다시 읽어보니 스스로에게 해주고 싶은 말이었던 것 같다. 어쩌면 타인을 향한 위로는 자신이 가장 듣고 싶은 말일지도 모르겠다.

冬
-
겨
울

꿈

계속해서 꿈을 꾸게 하는 사람이 곁에 있다는 것은 큰 축복이다. 사랑과 진심이 담긴 말에는 엄청난 힘이 있다. 작은 원을 그리던 나에게 자꾸 더 크게 그려보라고 하는 사람이 있다. 나는 그 말에 또 신이 나 될지도 안 될지도 모를 상상을 더 크게 부풀려본다. 느리지만 단단한 이야기가 더 큰 세상에 가닿기를 고대하며. 오늘도 마주 앉아 서로의 꿈을 응원한다. 곧 이루어지리라 믿어 의심치 않으면서.

건강검진

건강검진 결과가 나왔다. 제일 걱정이었던 위와 대장은 아직 검사도 안 했는데, 앞서 한 검사의 결과지에 예상치 못했던 안 좋은 신호들이 여러 가지 적혀 있었다. '3년간은 마음 딱 잡고 바른 생활자로 살아가라는 소견인 듯한데요. 일보다는 개인 일상의 비중을 높이고 가능한 생기 있는 순수한 형태의 것을 먹는 게 좋겠어요'라는 조언도 들었다. 무엇 하나 쉬운 게 없다. 일도 삶도 건강도 도시에서는 조화롭기가 무척이나 어렵다.

단열

집이 춥다. 오래된 집은 단열이 잘 안 되어 있기 때문에 겨울에는 지독한 추위를 잘 버텨야 한다. 벽을 뚫지 않고 창문을 열어서 달아둔 에어컨 때문에 창문을 열고 지내는 것과 다름없는 큰방. 이렇게 겨울을 날 수 없다는 생각이 들어 결국 퇴근길에 단열 비닐을 하나 사왔다. 야무지게 창문 틈을 막으니 숭숭 들어오던 바람이 조금 잡혔다.

창밖 좁은 골목길로 출근과 등교를 위해 지나다니는 사람들의 모습이 보인다. 이전 동네에서는 잘 듣지 못했던 쩌렁쩌렁한 아이들의 목소리도 들린다. 괜히 반갑다. 이 동네는 사람 사는 냄새가 물씬 나서 좋다.

감정

요즘은 내 감정을 자세히 들여다보고 있다. 무기력한 이 마음의 원인을 찾고 있다. 건강이 안 좋아서 복용하고 있는 약 때문이라 말하면 간단하지만 좀 허무하다. 그래서 다른 이유를 찾고 싶다. 물론 암흑의 터널 끝에는 반드시 빛이 보인다는 것을 나는 잘 알고 있다. 지금도 겨울 속에서 봄을 기다린다. 아주 조금 더 간절할 뿐이다.

가볍게 요리

제주 무 큰 것 하나, 감자 두 개, 브로콜리 한 송이 그리고 버섯 한 봉지. 총 6,000원으로 장바구니에 채소를 가득 채워 집으로 돌아가는 길. 책 속에 적힌 복잡한 레시피에 머릿속이 잠시 어지러웠는데 그냥 간단하게 생각하기로 했다. '최소한의 조리'로 영양소를 최대한 살리면서 가볍게 요리하기. 거창한 레시피는 없지만 싱싱한 채소로도 이미 충분히 훌륭할 테니까. 최고의 맛은 아닐지라도 조금 더 건강하게 내 손으로 차리는 밥상은 왠지 안심이 된다.

스트레칭

오랜만에 스트레칭을 하는데 몸이 많이 굳어 있다. 호흡을 내뱉으며 아려오는 근육을 느껴본다. 언제 마지막으로 썼는지 기억도 나지 않는 부위를 조금 더 집중해서 움직여본다. 고통 끝에는 조금의 유연함을 얻게 되는데, 매번 어제보다는 오늘 더 수월함을 느낀다. 최대한 힘을 빼고 늘어뜨리다 보면 몸의 세포 하나하나가 기지개를 켜는 기분이 들면서, 한 뼘 더 자라난 것만 같다. 마음도 조금은 느슨해진 것 같기도.

冬
-
겨울

공간

원룸에서 살 적에 작은 방을 빼곡히 채우던 것이 습관이 되어서 그런지 빈 공간을 그대로 두는 것이 익숙지 않다. 차라리 맥시멀리스트가 될까 싶다가도 이사만 생각하면 아찔하다. 채우고 싶은 마음과 비우고 싶은 마음이 자꾸만 충돌한다. 시간을 두고 천천히 고민해봐야겠다. 무엇을 들이고 내놓을지.

아침 2

아침을 제대로 챙겨 먹자고 다짐했을 때 메뉴 선정이 무척 곤욕스러웠다. 잘하고 싶은 마음이 앞섰던 탓이다. 사실 어떻게 먹느냐를 고민하기 이전에 무엇을 먹느냐가 더 중요한데 그걸 놓치고 자꾸 방법에만 집착했다. 그러다 마음을 비우고 본질에 집중해보기로 했다. 건강한 재료를 골라 간단하게 조리만 해도 충분하다는 생각을 갖자 신기하게도 점점 재료에 맞게 알아서 척척 요리를 할 수 있게 되었다. 숙련되는 과정을 조급해하지 않고 기다릴 줄도 알아야 함을 이렇게 또 깨닫는다. 잘해야 한다는 마음을 조금 내려놓으면 도전할 수 있는 용기가 생기고 그것이 곧 변화의 시작이 된다.

冬 - 겨울

저녁 시간

바쁜 일정을 끝내고 집에 돌아온 뒤, 밀린 집안일을 하며 뜨끈한 국을 끓이고 밥을 짓는다. 힘든데 뭘 또 이런 걸 하는 게 아니라, 삶에서 가장 중요한 것을 챙기며 여유를 되찾는다. 지쳐 있는 나에게 다시 좋은 에너지를 채워주는 시간. 나는 나를 위한 일에 시간 쓰는 것을 더는 아까워하지 않기로 했다.

SILOAM
SAUNA

목표

내 삶의 행복이 SNS로 인해 좌지우지되지 않았으면 좋겠다는 생각을 매번 한다. 팔로워가 늘어나면서 좋은 인연, 많은 기회를 가져다준 것은 사실이지만 그럴수록 그것이 내 삶의 전부가 되어서는 안 된다고 더 경계하게 된다. 그 어떤 수식어가 없더라도 그 속의 알맹이만 남더라도 충분히 괜찮은 삶을 만드는 것이 나의 목표다. 어디에 있고 무엇을 하든 진짜 나로 존재하고 싶다.

冬
-
겨
울

질문

낭만과 기다림이 사라진 시대.

무엇을 기다리고 무엇에 설레는가.

평온

온 세상이 하얗게 뒤덮여 있다. 달리는 버스 안에서 멍하니 창밖을 바라본다. 시끄러운 세상과 달리 내 마음은 평온하다. 며칠 전까지 머릿속을 휘젓고 다니던 생각들을 더는 붙잡지 않고 떠나보냈기 때문이다.

편집

편집된 일상은 아름다울 수밖에. 힘든 와중에도 울고 웃고 할 건 다 한다. 그 모든 것을 기록할 여력이 없을 뿐.

동굴

몸과 마음의 에너지가 바닥일 때는 어떠한 생각도 하지 않고 기꺼이 나만의 동굴 속으로 들어가도 좋다. 아무리 노력해도 모든 것이 생각만큼 따라주지 않을 때는 잠시 내려놓는 것도 방법이다. 그동안 어떠한 이유로 참고 있던 것들을 이 시간만큼은 모조리 해도 좋다. 마음껏 먹고, 시간을 허비하고. 설령 비효율적이라 할지라도 상관없다. 죄책감 없이 마음이 이끄는 대로 따라준다. 그러다 보면 서서히 마음도 '이제는 괜찮은 것 같아'라는 신호를 보낸다. 믿고 기다리는 마음만 있으면 우리는 언제나 그랬듯 고비를 이겨내고 다시 시작할 수 있다.

잠수
Jamsugy

버스 안

도심을 달리는 버스 안. 차가운 창문에 몸과 머리를 기대고 앉아 버스의 흔들림을 덤덤하게 받아들인다. 정처 없이 흔들린다. 거울을 보지 않아도 나의 무심한 표정이 선명하게 느껴진다. 텅 비어 있는 얼굴이다.

冬 - 겨울

검은 밤

택시 안에서 잠깐 눈을 붙였다 뗐는데 검은 밤 사이로 하얀 눈이 흩날리고 있었다. 퇴근 시간이라 차가 막혔지만 눈 구경을 하느라 지루할 틈이 없었다. 택시 창문 틈과 도로의 가드레일에도 눈이 쌓이기 시작했다. 어둑어둑한 마음에도 흰 눈이 퍼부어주면 좋을 텐데.

필름 사진

유독 필름으로 찍은 사진을 좋아한다. 보고 있으면 오래된 기억이라 할지라도 단번에 그 순간으로 돌아가 모든 감각이 생생하게 되살아나기 때문이다. 필름 사진은 기억나지 않을 수 없는, 오래 기억하고 싶은 소중한 장면에서 신중하게 셔터를 누른 장면이다. 모든 사진을 그런 마음으로 찍을 수 있으면 좋겠다. 의미 없이 쌓여 있는 수천 장의 사진보다 계속해서 들여다보고 싶은 몇 장의 사진만 있어도 추억은 오히려 지금보다 더 풍요로울 것 같다.

冬
-
겨울

빛의 조각

평일에 점심을 먹고 산책을 하다가 건물 계단에 살포시 걸쳐진 빛의 조각을 발견했다. 겨울에는 특히나 햇빛이 귀해서 그런지 자꾸만 눈길이 간다. 건물이 빼곡히 들어서 있는 주택가를 걷다 골목 사이사이로 해가 잔뜩 들면 그 자리에 멀뚱히 서서 한참을 있기도 하는데, 눈을 꼭 감고 있으면 겨울이라는 계절에서 잠시나마 봄의 기운을 만날 수 있어서 좋다.

冬
-
겨울

멈추어 가는 시간

묵묵히 웅크리고 있어도 이상하지 않은, 잠시 멈추어 가는 시간. 끝날 기미는 보이지 않고 멈추어 있는 듯 보이는 이 계절을 두려워하는 대신 있는 힘껏 더 껴안아보기로 했다. 고요히 깊어질수록 작은 생명력의 움직임에도 감사함이 느껴진다. 혹독한 겨울을 날수록 봄을 더 환하게 맞이할 수 있다는 것을 이제서야 비로소 몸과 마음으로 깨닫는다.

운동

푹 자고 느지막이 일어나 운동을 했다. 아주 오랜만이었다. 얼굴과 몸을 타고 흐르는 땀이 불쾌하지 않고 산뜻하게 느껴진다. 스스로 정한 목표를 달성했을 때의 희열이란. 무너지고 다시 시작하는 것의 반복이라 할지라도 어떤 식으로든 계속해서 이어나가고 싶다. 무엇보다 나의 건강을 위한 일이니까. 다시는 놓치고 싶지 않다.

뭉게구름

꿈자리가 사나웠다. 생각을 그만하고 싶은데 꿈속에서조차 고민하고 선택해야 하는 순간의 연속이었다. 잠시 깼다가 머리가 지끈거려 다시 잠에 들었는데 슬프게도 더 큰 곤경의 순간이 나를 기다리고 있었다. 짓눌리는 감정에서 벗어나기 위해 몸을 움직여 집 밖으로 나오니 파란 하늘과 하얀 뭉게구름이 눈앞에 펼쳐졌다. 겨울답지 않게 강렬한 햇볕도 내리쬐고 있었다. 한 곳에는 쌓여 있던 눈발이 태풍 같은 바람에 휘날리고, 한 곳에는 햇빛에 녹아내린 눈이 비처럼 뚝뚝 떨어지고 있었다. 아무래도 오늘은 기묘한 날이다.

40
40

冬
-
겨
울

뿌리

세상을 바꾼다는 말은 너무 거대해서 허무하게 느껴지기 쉽다. 그래서 우리는 그 시작을 너무도 쉽게 포기해버린다. 삶이란 게 왜 이렇게 힘들어야만 하는지 도통 이해할 수 없고, 보이지 않는 나락으로 떨어져 허우적거리던 때도 있었다. 그러다 삶의 이유는 내가 만들어가야 함을 깨닫고부터는 일상의 작은 실천을 통해 기대를 만들어가기 시작했다. 그렇게 삶에 작은 뿌리가 생겨났다 싶을 때쯤 옆에 있는 사람에게 하나둘 손을 뻗기 시작했고, 세상을 바꾸지는 못하더라도, 주변 사람들과 더 나은 방향으로 나아가고 있다는 생각이 들면서 삶 속에 희망이 살아 숨 쉬는 듯했다.

응원

"내 손으로 요리해 만든 음식을 먹으며 가족에게 이 사실을 말한 뒤 뿌듯함을 느끼며 울었습니다. 가슴이 뻥 뚫리는 것 같았어요. 이 리추얼을 선택하는데 망설이지 않으셔도 될 것 같아요. 저는 정말 세상을 다시 살고 있는 것 같거든요."

오랜 시간 우울증으로 힘들어하던 한 사람이 삶을 일으키는 과정을 응원하고 지켜봤다. 작은 시도가 삶을 변화시킬 수 있음을 두 눈으로 목격한 셈이다. 이제 나는 작은 마음이 세상을 구한다는 말을 믿을 수밖에 없게 되었다.

성장

오늘도 힘든 동작이 시작되자 그만하고 싶다는 생각이 들었다. 함께 운동을 하는 안나가 그 마음을 읽었는지, 남은 한 세트는 혼자서 하라며 숙제로 남겨줬다. 하지만 잠시 고민하다 끝까지 하겠다고 하고 정해진 운동을 모두 끝냈다.

〈알쓸신잡 2〉에서 장동선 님이 들려준 갑각류 이야기가 요즘 자주 떠오른다. 탈피한 갑각류는 가장 연약한 그 상태를 버티고 나면 더 단단한 껍데기를 갖게 되는데 인간의 마음도 비슷하다는 것이다. 어쩌면 우리가 성장하는 순간은 죽을 것 같고, 잡아먹힐 것 같고, 스치기만 해도 생채기가 날 듯한 순간일 거라고.

꽃눈

퇴근길, 달빛 아래에서 가지 끝에 돋아난 자그마한 꽃눈을 발견했다. 덕분에 곧 봄이 오리라는 것을 눈치챌 수 있었고 그 뒤로도 매일 아침저녁 출퇴근길에 나무를 자세히 관찰하기 시작했다. 쉽게 풀리지 않던 날씨에도 꽃눈은 묵묵히 견뎌내며 자라났고, 당장 내일이라도 꽃을 피울 듯이 점점 커진 꽃망울은 만개할 타이밍만 찾고 있는 듯했다. 겨울의 끝자락이라고는 생각지 못한, 여전히 추위에 몸을 웅크리던 어느 날의 일이었다.

春
-
봄

만물이 기지개를 켜며 잠에서 깨어나기 시작했다. 포근한 바람과 코끝을 간지럽히는 봄 내음에 몸과 마음이 자꾸만 두둥실 떠오른다. 끝나지 않을 것 같던 겨울이 지나가고 봄은 기어이 우리 곁으로 와주었다. 추위에 제대로 맞서본 사람만이 이 계절을 잔뜩 껴안으며 기뻐할 수 있다.

두꺼운 외투를 입지 않고 밖을 나섰을 때 느껴지는 가벼움
땅에 발을 디딜 때마다 콧노래가 절로 나오는 딱 알맞은 온도와
창가를 두드리며 반갑게 인사를 건네는 봄비
앙상한 가지에 잎이 돋고 꽃이 피며 흩날리는 낮과 밤
죽어가던 화분의 식물이 다시 새잎을 내어주는
기적 같고 낭만적인 나날의 연속이다.

가장 애타게 기다린 봄을 마지막인 것처럼 한껏 누리며 행복에 겨워한다. 팍팍하게 느껴지던 삶이 지금은 어느 때보다 달콤하고 부드럽다. 이렇게 손바닥 뒤집듯 바뀌는 생각과 감정에 때로는 혼란스럽기도 하지만, 그저 고통과 슬픔은 짧게 지나가고 행복은 조금 길게 머물러주기를 바랄 뿐이다.

밤하늘이 유난히 파랗던 어느 날, 봄바람이 살랑거리는 가로수 아래 서서 이 계절을 지긋이 바라본다. 입가에 미소가 번진다.
아, 행복이다.

여행

여행을 가야겠다고 마음먹었을 때 가장 먼저 하는 일은 그간 머물 집을 고르는 것이다. 거창하고 인위적인 공간 대신 집과 닮은 자연스러운 공간을 주로 고른다. 마음에 드는 집을 찾고 나면 그 외의 것들은 그리 중요치 않아진다. 온종일 집에만 머물러도 충분히 행복할 것 같아서. 동네를 두 발로 거닐고, 장을 봐와서 요리를 하고, 그 공간에 자연스럽게 녹아들 시간을 미리 그려본다. 낯선 곳으로 떠나는 여행이지만 왠지 모르게 마음이 편안하다.

일상

세상은 나날이 발전하고 좋아진다는데. 나는 여전히 일상 속에서 마주한 아주 사소한 것에 감동한다.

春
-
봄

변화

보통은 '변화'하기 위해서 무언가를 더하는 쪽을 선택한다. 하지만 그보다 더 쉽고 확실한 방법은 나쁜 것을 줄이는 것이다.

조언

인생의 중요한 선택을 앞두고 고민하는 사람에게 '하지 마'라고 쉽게 말하지 않는다. 보통은 현실적으로 안 될 이유와 부정적인 의견을 내놓으며 '그건 안 될 거야'라고 말하는데, 당사자도 그 사실을 누구보다 잘 알고 있다. 그럼에도 상대에게 묻는 이유는 희망을 얻고 싶어서다. 일어나지 않은 일의 답은 신도 알 수 없기에. 우리가 할 수 있는 일은 상대방의 마음이 기운 쪽으로 조금 더 힘을 실어주는 것뿐. 적어도 내 주위 사람들은 행복에 가까워질 수 있게, 삶에 대한 고민을 계속했으면 좋겠다. 행복에 자신만의 기준을 찾고 의문이 아닌 확신을 가지고 살아갈 수 있기를 간절히 바란다.

LAYER

추억

분명 일기예보에서는 날씨가 흐리다고 했는데, 아침을 먹는 와중에 갑자기 해가 들기 시작했다. 반가운 마음에 필름 카메라를 꺼내들어 빛이 든 집의 모습을 기록하기 시작했다. 시선에 애정을 담아 지금이라는 시간을 눈과 마음에 담는다. 고요함 속 셔터 누르는 소리만이 울려 퍼진다. '차르륵, 차르륵.' 필름이 감기는 소리와 함께 일상이 추억으로 바뀌어 간다.

春
-
봄

가계부

허겁지겁 2월을 보내고 3월을 맞았다. 유달리 지출이 많았던 지난달. 가계부 정리를 시작하기도 전에 두 손 두 발 다 들고 가계부 애플리케이션의 초기화 버튼을 살포시 누르고 말았다. 심플하게 살고 싶다. 매번 그렇게 다짐만.

春
-
봄

시간

지나갈 것을 알면서도 우리는 늘 힘들어한다.

아직은 지나가기 전이니까.

春
-
봄

비

비가 온다. 우두둑 우두둑. 비가 지붕을 두드리는 소리다. 유리창에는 빗방울이 맺혀 있고 창밖에는 우산을 쓴 사람들이 지나다닌다. 앙상한 가지의 나무가 비바람에 흔들린다. 봄은 아직인가 보다. 조금만 더 버텨봐. 어김없이 흔들리는 나무를 향해 소리 없는 응원을 건네본다. 스피커에서는 잔잔한 음악이 흐르고 조명에서 새어 나오는 불빛이 어둑한 방을 은은하게 비춰준다. 비오는 날 특유의 묵직한 공기가 좋다. 왠지 나를 감싸 안아주는 기분이 들어서.

春
-
봄

대청소

창문과 창틀에 낀 먼지를 닦아냈다. 미세먼지만 아니었다면 집에 있는 모든 문을 활짝 열어 대청소를 하고 싶었는데. 아쉬운 대로 청소를 마치고 좋아하는 음악을 크게 틀어 놓고 창밖을 구경했다. 우리 집 마스코트인 창밖의 감나무에 푸른 잎이 점점 풍성해지고 있다. 햇살이 들이치자 잎 사이사이로 빛이 반짝인다. 참으로 아름다운 풍경이다. 이 집을 처음 봤을 때, 이 모습에 반했었지.

맛집

동네 버스 정류장 바로 앞에 있는 이 식당은 정육점과 고깃집을 같이 하는 곳인데, 알고 보니 일부러 찾아올 정도로 유명한 맛집이었다. 지나갈 때마다 팔팔 끓고 있는 솥의 냄새가 예사롭지 않아 꼭 먹어봐야지 했는데. 비도 오고 몸도 으슬으슬한 어느 날 망설임 없이 들어가 자리를 잡고 설렁탕 한 그릇을 주문했다. 깔끔한 육수에 두툼한 고기가 큼직큼직하게 들어간 것이 일단 합격. 이곳의 화룡점정은 석박지인데 설명이 필요 없는 맛이다. 종종 집밥이 그리워질 때면 이곳을 찾는다. 뜨끈한 국물에 밥을 말아 석박지를 한 입 베어 물면 헛헛한 마음에 든든함이 차오른다.

COFFEE
STYLE

春
-
봄

커피

점심을 먹고 나서 원두를 꺼내들었다. 포장을 뜯자마자 기분 좋은 원두 향이 기다렸다는 듯이 퍼져 오른다. 드리퍼를 컵에 올리고 뜨거운 물을 몇 차례 부어주는 과정도, 연기가 나는 따뜻한 커피를 느긋하게 홀짝홀짝 마시는 시간도, 무엇 하나 소중하지 않은 것이 없다. 커피 한 잔에도 충분한 여유를 찾을 수 있음에 감사하다.

집밥

어느 날 준비한 음식의 양이 혼자 먹기에는 많아 고민하던 찰나 지난번 아쉽게 초대하지 못했던 한 분이 생각났다. 같은 동네에 산다는 말이 기억이 나 '저녁 드시러 오실래요?' 하고 메시지를 보냈더니 '실례를 무릅쓰고 시간 괜찮다고 해도 되나요?'라는 답장을 받았다. 친구와도 미리 약속을 잡지 않으면 밥 한 끼 하기 힘든 요즘. 일면식도 없는 낯선 사람을 밥 먹자고 집에 초대하다니. 내가 연락을 하고도 신기했다. 동네 이웃이라 그녀는 금세 도착했고 만나자마자 "집밥 좋아하시는 것 같아서…"라는 말과 함께 황태 조림을 건네주었다. 반찬을 나눌 이웃이 생기다니! 용기를 내는 자가 이웃을 얻는 법.

春
-
봄

문득

정신을 차려보니 계절이 바뀌어 있었다. 매일을 그냥 지나쳤던, 특별할 것 없는 나무 한 그루 덕에 봄과 마주했다. 보잘것 없어 보이는 것에도 그만의 삶이 있다. 겨우내 살아내는 것이 전부라 해도, 그저 살아 있는 것만으로 감사해질 때가 있다. 못 본 체하지 않고, 추운 겨울을 이겨내 꽃을 피우느라 수고했다고 꼭 말해줘야지.

봄비

은은한 간접조명이 켜진 상태로, 테이블에 마주 앉아 이야기를 나누는데 창밖에는 비가 내린다. 라디오에서 흘러나오는 DJ의 차분한 목소리가 빗소리와 함께 어우러져 마음을 다독인다. 대화를 하다 보면 에너지가 소비되기도 하고 반대로 차오르기도 하는데 이날은 후자였다. 나눴던 이야기를 모두 기록에 남기고 싶었지만 그러지 못했다. 하고 싶은 말이 많을 때는 오히려 아무 말도 하지 못하기도 한다. 그저 '너무 좋았다'고 되뇌며 빈틈없이 꽉 채워진 그날의 감정을 곱씹어볼 뿐.

春
-
봄

벚꽃

벚꽃이 한창이다. 벚꽃 잎이 흩날리는 가로수를 보며 저 아래를 누군가와 거닐면 '사랑에 빠지지 않을 수 없겠다'는 생각이 절로 들었다. 사랑하기 좋은 계절이 바로 이런 거구나. 코끝에 닿는 봄 내음이 마음을 간지럽힌다.

간결한 삶

감당하지 못한다는 것은 수용할 수 있는 범위를 넘어섰다는 말과도 같다. 손에 힘을 적당하게 주고 잡히는 것은 잡히는 대로, 빠져나갈 것은 빠져나가는 대로 자연스레 두고, 옭아매는 것 없는 간결한 삶을 살고 싶다.

사이다
콜라

春
-
봄

등산

1. 친구와 함께 아침 일찍 관악산에 올랐다. 산 입구가 아닌 서울대 공학관에서 시작해 연주대 정상을 목표로 무리하지 않는 선에서 즐기기로 했다. 산을 오르면서 인상적이었던 것은 중간중간 팻말에 적혀 있던 아이스크림 광고였는데, 그 맛이 궁금해서라도 정상에 가야겠다고 생각했다.
한참을 오르다 보니 깔딱 고개에 이르렀다. 고개 이름처럼 숨을 거칠게 내뱉으며 정상까지 얼마나 남았는지 물으니 친구 대신 옆에서 쉬고 계시던 아저씨 한 분이 대답하셨다.

2. “저어기~ 바로여! 다 왔어!”

“진짜요?”

순간 주저앉고 싶었던 마음이 일어나면서 다시 성큼성큼 발을 내딛기 시작했다. 끝을 아는 것은 이렇게나 중요하다. 없던 힘을 다시 내어볼 수 있으니까. ‘조금만 더’라는 말에 희망을 걸어볼 수 있으니까.

3. 그렇게 도착한 정상은 가슴이 뻥 뚫릴 정도로 탁 트여 있었고, 해냈다는 성취감에 자꾸만 웃음이 났다. 시원한 나무 그늘 아래서 아이스크림을 먹는 것도 잊지 않았는데, 그야말로 최고의 맛이었다. 봄과 여름 사이, 등산을 하고 정상에서 아이스크림 먹기는 매년 나만의 시즌 루틴으로 가져갈 생각이다. 내년에도 이 기분을 꼭 놓치지 않고 다시 맛봐야지.

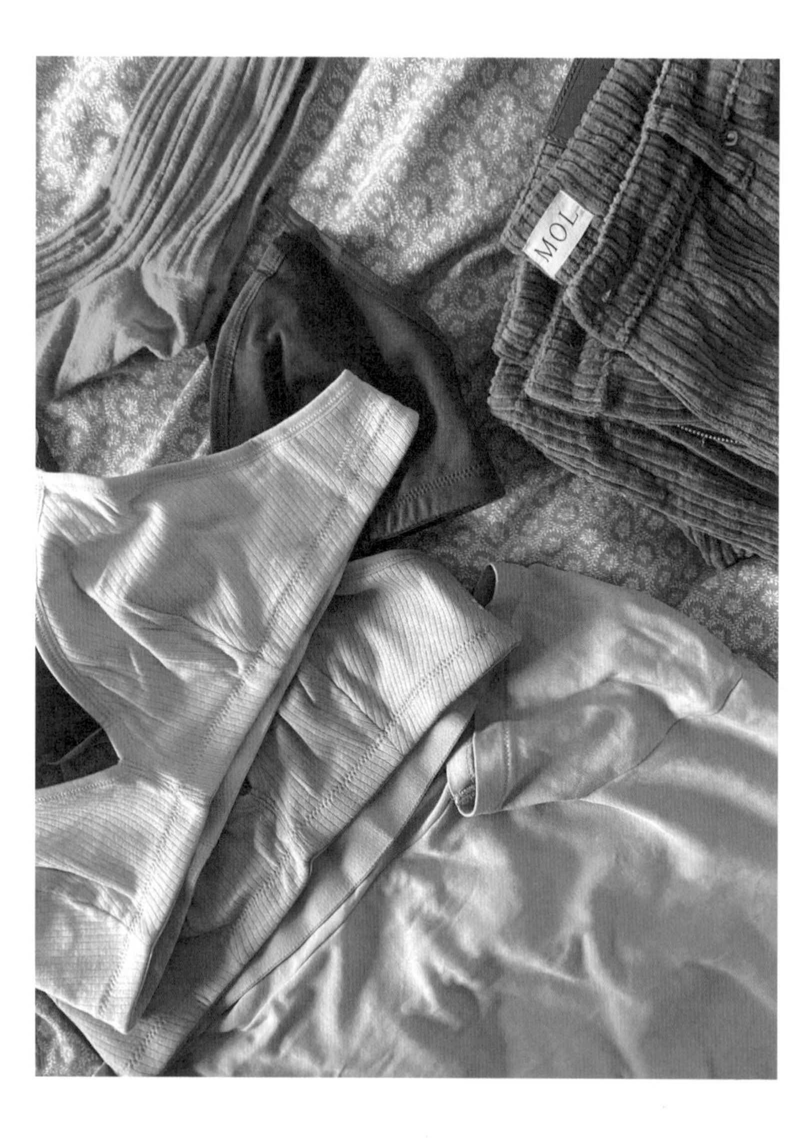
MOL

빨래

구분 없이 하던 빨래를 이제는 여러 번에 나눠 세탁기에 돌린다. 속옷은 란제리 모드로, 면 100퍼센트인 잠옷은 중성세제가 필요하다는 것도 관심을 가지니 비로소 알게 되었다. 좋아하는 물건을 더 오래 쓰려면 각각의 상태에 맞는 관리가 필요하다. 세밀하게 관심을 가질수록 다양한 선택지와 방법이 보이고, 그럴수록 점점 더 삶에 디테일이 차오르기 시작한다.

부엌

부엌 청소를 제대로 해보겠다고 오후 1시쯤 시작한 사투가 반나절이 지나서야 끝이 났다. 뜯긴 시트지 하나를 정리하려다 대청소가 되어버렸는데, 겸사겸사 배수구 망도 새것으로 교체해주고 수납 선반 장 위치도 바꿔줬다. 반짝거리는 타일과 싱크대, 정돈이 잘 된 찬장을 보고 있으니 무척 개운하다.

MUGUASU

식물

식물을 살 때 물은 어떻게 주어야 하는지 물으니 가게 사장님이 이렇게 말씀하셨다.
"잎이 쪼그라들 때, 그때 주면 돼요."
처음에는 그 말이 모호해서 고개를 갸우뚱거렸지만, 식물을 더 가까이에서 자주 보살피라는 말이었음을 이제는 안다. 매일 아침 창문을 열어 식물의 상태를 살피고 안부를 물으며 하루를 시작한다. 일상에 기분 좋은 일과를 더하는 것. 꼭 큰 일을 해야만 가치 있나. 작지만 소중한 일을 이어나가는 것에도 마음을 이렇게 쏟는데 말이다.

春
-
봄

주말

오랜만에 늦잠을 자고 일어났다. 창문을 열고 이불을 가지런히 정리한다. 주방으로 넘어와서는 냉장고에 있는 재료를 꺼낸 뒤 점심을 준비한다. 잘 구워진 방울토마토는 탱탱하게 부풀어 수분을 머금고 있다가 입에 넣는 순간 톡 하고 터지며 입안 가득 새콤달콤한 맛이 퍼져나간다. 같은 재료라도 어떻게 조리하느냐에 따라 식감과 맛이 천차만별이다. 오늘은 반가운 손님이 집에 오기로 했으니 느긋하게 점심시간을 즐기다 청소를 시작해야지.

아보카도, 토마토 달래장

1. '간장 1 : 물 1 : 설탕 0.7~0.8'을 충분히 섞어준다.
2. 손질한 아보카도, 토마토, 달래를 만들어둔 간장 소스에 넣고 냉장고에서 하루 정도 숙성시켜 주면 완성.

어떤 재료를 넣어도 상관없지만 특히 이 조합은 아보카도의 느끼함을 토마토가 잡아주고 달래의 향이 더해져 맛이 훨씬 풍성해진다. 베이스인 간장은 만드는 재료나 방법이 다양하지만, 처음 시도할 때는 최소한의 재료로 간단하게 만드는 편이다. 자취를 하며 요리를 시작한 뒤로 간단하지만 맛있는 레시피를 작은 노트에 차곡차곡 쌓아가고 있다. 간소한 재료지만 맛은 절대 뒤지지 않는 요리를 찾아서, 오늘도 도전!

春
-
봄

1/n

1. 대파 한 단에 1,000원, 잘라 가면 4,500원. 항상 대파 코너에 오면 이 가격표 앞에서 걸음을 멈추게 된다. 1인 가구에게 대파 한 단은 너무 과분하다. 어디 대파뿐이랴. 양파나 각종 나물, 양배추 역시 혼자서는 감당하기 어려워 구매를 망설이게 되는 경우가 허다하다. 그러니 구매하는 재료가 한정적일 수밖에 없고, 요리가 쉽게 지겨워지기도 한다.

2. 이러한 문제를 해결하고자 예전부터 동네 모임을 만들고 싶었다. 모임 이름도 이미 만들었는데 바로 '1/n'. 채소를 다양하게 사서 나눠 가지거나, 같이 밥도 해먹고 반찬도 만들어서 나누는 모임이다. 꼭 채소를 나누는 게 아니더라도 일주일에 한 번 무비 데이를 정해서 각자 기호에 맞게 술과 안주를 챙겨와서 함께 영화를 보면 너무 좋지 않을까.

3. 동네 모임의 가장 큰 장점은 늦게 해산해도 걸어서 금방 집으로 돌아갈 수 있다는 것. 이 재밌는 모임을 아직은 상상만 하고 있다는 게 슬프다. (코로나!) 대파 손질하다 눈물 쏟고, 아직 양배추와 마늘 1킬로그램을 더 다듬어야 하는데 벌써 밤 11시 30분. 하루가 또 이렇게 가는구나.

春
-
봄

대충의 요리

장을 보고 오면 가장 먼저 보관법을 검색해서 재료에 맞게 미리 손질을 해두는 편인데, 이때 새로운 사실을 알게 되는 재미가 꽤 쏠쏠하다. 가지를 냉장고에 넣으면 차가워서 놀라 쪼그라든다는 귀여운 정보도 안 지 얼마 안 되었다. 요리를 할 때 스트레스를 받지 않는 나만의 비법이 있다면 '그까짓 대충' 하는 거다. 재료 몇 개 없으면 덜 넣고, 양도 비스름하게. 요리를 하면서 생각보다 '꼭 그게 아니면 안 되는 것'은 없음을 알게 되었다. 처음부터 완벽하게 하려다 시작도 못 한 것이 어디 한둘인가. 나의 상황에 맞게 유연해질 줄도 알아야 함을 요리를 통해 배운다.

건강

균형 잡힌 일상을 되찾으면서 가장 크게 변화한 것은 건강 상태였다. 오랜 시간 동안 나를 괴롭혀 익숙하다 못해 지겨워져 반쯤 포기했던 몸의 이상 반응들이 점점 사라져갔다. 건강하게 먹고, 운동을 하니 더는 약을 먹지 않아도 몸이 정상적으로 작동하기 시작했다. 긴 시간 동안 고통받았던 것이 허무할 정도로 방법은 너무나 당연하고 간단했다. 기쁘면서도 이내 슬펐다. 결국 내가 나를 제대로 돌보지 못했던 것이었다. 몸을 회복하는 가장 정직하면서도 빠른 방법은 과도하게 치우친 일상을 회복하고 당연한 가치를 지켜나가는 것임을 다시는 잊지 말자!

세발 나물

동네 이웃에게 세발 나물을 나눠주고, 아욱과 딸기 콩포트를 건네받았다. 되로 주고 말로 받았네. 나눌수록 풍요로워진다는 말은 진짜였다.

Dear Moi,
Happy Birthday! I hope
had a lovely day. It's been
great having you stay with us
in Berlin - best AirBnB guest ever!
See you in Korea,
GOOD RECYCLE CAMPAIGN
Santiago de Compostela
TRIANGLE♥POSTALS

낭만

바쁜 삶 속에서도 누군가를 떠올리는 시간을 잊지 않고 가진다는 것. 그것이 바로 낭만 있는 삶이 아닐까. 아무 날도 아니지만 펜을 들어 편지를 쓴다든지, 생일 축하 메시지를 급하게 겨우 보내는 것이 아니라 미리 좋아하는 가게에 들러 신중히 선물을 고르고 정성껏 포장하는 것. 마음을 어떻게 쏟느냐에 따라 평범한 날이 곧 이벤트가 되기도 하니까. 작은 것도 크게 여길 수 있는, 사소한 것에도 충분한 마음을 담을 수 있는 사람이 되어야지!

Martinelli's
APPLE JUICE

오늘

시간은 세상사 혹은 나의 상황과 관계없이 정해진 대로 흐른다. 내가 할 수 있는 일은 오늘을 잘 살아내는 것뿐이다. 미래를 미리 걱정하고, 과거에 머물러 있어도 내 힘이 닿을 수 있는 건 오직 오늘뿐.

당근

요리를 하다가 남은 당근 뿌리를 빈 접시에 뒀을 뿐인데 하루가 다르게 잎이 무럭무럭 자라난다. 아무것도 해준 게 없는데 쑥쑥 자라나는 잎을 보고 있으니 어찌나 기특하던지. 푸릇푸릇하고 생기가 돌아 바라만 봐도 힘이 난다. 빈 화분에 옮겨 심은 뒤 해가 잘 드는 곳으로 옮겨줬다. 그 끝에는 무엇이 있을지 모르겠지만 같이 가보자. 힘차게 자라나 보자.

春
-
봄

우연

1. 보통은 한 곳에서 많은 것을 살 수 있는 큰 마트에서 장을 보는 편이지만, 어느 날 길거리의 트럭에 싱싱하게 널브러진 채소와 과일을 보고 있자니 발길이 떨어지지 않았다. 괜히 이리저리 들여다보고, 기웃거리면서 맛이 없으면 어쩌지 하는 걱정을 하고 있는데 타이밍 좋게 아저씨가 말을 거신다.

2. “이거 좋아! 맛있어. 옆에 있는 것도 좋고, 그 옆의 것도 좋아.”
“그럼 다 좋은 거네요!”
한번 속는 셈 치고 사보자 했는데, 토마토가 설탕을 뿌린 듯 달고 맛이 좋았다. 시금치는 또 어떻고. 휘리릭 볶아 소금 후추로만 간을 했는데 씹을수록 단맛이 올라온다.

3. 예전에는 모험을 즐겼는데 요즘에는 자꾸 익숙한 것에서 평온을 찾는다. 엄청난 도전은 아니더라도 이렇게 일상의 낯선 선택이 뜻밖의 생기를 가져다주기도 한다. 혹 길을 지나가다 야채 트럭을 발견한다면 한번 구매해보시기를. 장담할 수는 없지만 엄청난 맛을 만나게 될지도 모르니까.

파프리카

파프리카의 색감은 참 예쁘지만 장을 볼 때 선뜻 손이 가지 않는다. 싫어하지도 않지만 그렇다고 좋아하지도 않기 때문이다. 그러다 이웃으로부터 노란색 파프리카를 건네받았다. 재료를 두고 고민한 끝에 본연의 맛과 더 친해지기 위해 오일 샐러드를 해먹기로 했다. 올리브 오일, 후추, 소금, 설탕만 있으면 쉽게 만들 수 있고 레몬 혹은 식초가 있다면 새콤함을 더할 수 있다. 그렇게 하루 재워두고 다음 날 예쁜 그릇에 담아 놓으니 알록달록 예쁘기도 하다. 새콤달콤함에 아삭한 식감이 매력적이다. 파프리카와 조금 더 친해진 기분.

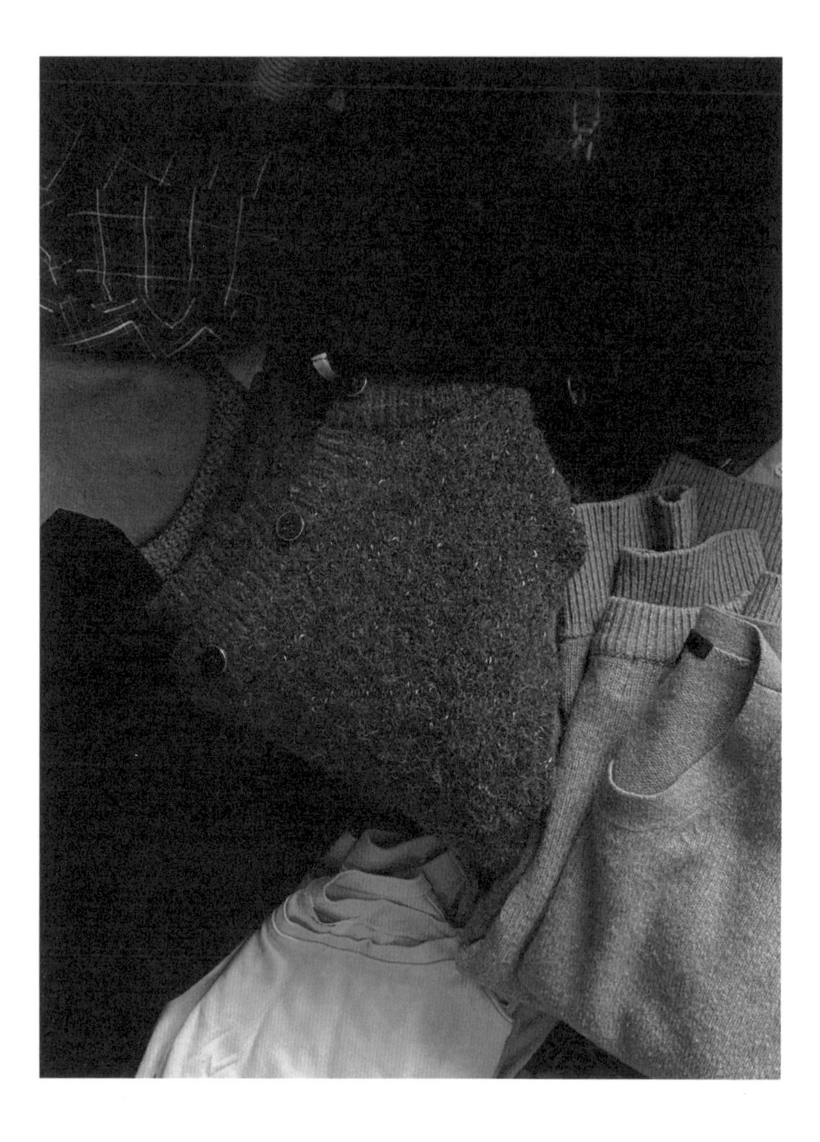

春
-
봄

옷 정리

모든 계절의 옷을 꺼내 한데 모아두고 버릴 것과 남겨둘 것을 정한 뒤 정리했다. 대학교 다닐 때 입었던 옷이 아직도 있어 신기했고, 한 번도 입지 않은 새 옷이 많다는 사실에 놀랐다. 원피스는 총 35벌. 맨투맨은 총 6개 중에 3개가 남색이었다. 생각보다 예쁜 색감의 옷을 좋아한다는 사실도 덤으로 발견하게 된 시간. 옷장을 마음에 드는 옷들로만 채워두고 싶다는 생각이 들기 시작했다. 고민은 줄어들고 만족은 커질 테니!

春
-
봄

도시 농부

도시 농부가 되어보기로 했다. 아주 작은 베란다가 전부라 하더라도. 수확의 양이 너무 소소해서 웃음이 날 정도라 해도. 냉장고가 아닌 베란다에서 갓 수확한 재료로 아침을 차리는 상상을 하면 벌써부터 마음이 싱그러워진다.

春
-
봄

균형

음식을 대하는 태도 혹은 감정을 알아차리는 것이 식사 균형을 맞추는 가장 중요한 시작점이다. 어떤 음식을 먹었을 때 만족감이 큰지, 어떤 음식을 먹을 때 유독 소화가 안 되고 기분에 변화가 생기는지를 자세히 들여다보고 느끼다 보면 나를 위한 선택이 조금씩 늘어나게 된다. 무조건 먹지 말아야지가 아니라, 한쪽으로 치우치는 것을 막는 것. 도시 생활자에게 가장 필요한 것은 균형을 찾는 것이다.

HIBROW
HIBROW

나다운 집

나다운 집을 꾸민다는 것은 결국 자신을 잘 알아야만 가능하다. 단번에 알 수 없고 시간을 두고 스스로에게 끊임없이 묻고 답하는 과정이 필요하다. 결국 집과 삶 그리고 나. 이 세 가지가 모두 또렷해지는 그 순간 '나다움'이라는 매력이 한껏 발현되기 시작한다.

ALVAR AALTO
16th SEPTEMBER to 15th OCTOBER

春
-
봄

취향

하루에도 수십 개의 집을 들여다보는 일을 하고 있지만, 신기한 점은 그로 인해 내 취향이 흔들리는 게 아니라 더 확고해진다는 것이었다. 경험이라는 과정을 통해 나의 취향에 확신을 더하고, 점점 더 세세히 매만지게 되는 것이다. 취향에 디테일을 더해 가는 시간은 혼란이 아니라 오히려 즐거움으로 가득하다.

春
-
봄

피아노

드디어 주문한 피아노 도착. 어린아이처럼 무언가를 애타게 기다리며 설레어본 적이 얼마 만인지. 요즘은 어른에게도 일과 쉼 외에 놀이가 필요하다는 사실을 깨닫고 피아노를 주문했다. 마냥 몰두할 수 있고 성과에 상관없이 즐길 수 있는 무언가가 우리에게는 필요하다. 종종 찾아오는 일상의 무료한 공백을 채워갈 생각을 하니 벌써 가득 찬 기분이 든다.

애호박
(국산)
1개
1300
팽이
(국산)
2개
1000
청경채
(국산)
1팩
느타리
(국산)
1팩
1000
새송이
1봉지
시금치
(국산)
1단
참취나물
(국산)
1근
2000
비름
(국산)
1근
2000
돌미나리
(국산)
1근
2000
세발나물
(국산)
1근
2000
표고버섯
진주드림
꽈리고추

春
-
봄

달래와 냉이

장을 보러 갔더니 3월의 제철 재료 중 하나인 달래와 냉이가 마침 딱 나와 있었다. 지난 이맘때는 달래장을 만들어 먹었는데, 이번에는 냉이로 튀김, 무침, 그리고 된장찌개도 끓여 먹을 생각이다. 계절을 어디서 가장 먼저 느끼냐고 묻는다면 '장을 보면서'라고 답할 수 있다. 마트는 계절에 맞춰 가장 발빠르게 변화하는 곳 중 하나. 보통 제철 재료를 가장 눈에 띄게 배치해두기에 쉽게 찾을 수 있다. 특히 봄에 가장 큰 변화를 느낄 수 있는 곳은 채소 코너. 힘겨운 겨울을 딛고 일어나 봄의 생명력을 품은 파릇파릇한 나물을 볼 수 있는 계절이 성큼 다가오면 정말이지 신이 난다.

봄날

어쩜 이리도 날씨가 포근한지. 뭉게구름 속을 걷는 기분이 들어 자꾸만 웃음이 난다. 바깥을 나서는 순간 콧노래를 흥얼거리며 한 발 두 발 경쾌하게 내딛는다. 문득, 지난겨울에 무엇이 그리도 힘이 들었는지 떠올려보려 했지만 아무리 애를 써도 생각이 잘 나지 않는다. 계절을 들여다보면 때에 따라 피고 지는 것이 자연스러운데 왜 나는 매번 피어있으려 그리도 애를 썼나 싶어 괜히 머쓱해졌다.

春
-
봄

툇마루

1. "시간 괜찮으면 상상헌에서 점심 어떠세요? 지인께서 나물 반찬과 멍게를 가져다주셨어요."

일요일 아침. 점심을 먹으러 도착한 안나의 책방 상상헌에도 어김없이 봄이 찾아왔다. 겨우내 휑하게 비어 있던 화분에는 자그마한 새싹들이 너도나도 모습을 드러내기 시작하고, 마당 앞 모과나무에는 푸릇한 잎들이 한가득 피어 있다. 비가 세차게 내리던 어제와 달리 오늘은 거짓말처럼 하늘이 파랗고 하얀 뭉게구름은 유유히 흘러간다.

2. 겨우내 웅크리게 만들었던 깜깜한 밤 같은 마음은 온데간데없이 사라지고 봄볕 같은 따스함과 몽글함만 남아 있는 게 새삼 신기해 자꾸만 확인하고 기뻐하게 된다. 안나는 동네 이웃에게 받은 음식을 툇마루에 한가득 꺼내 보였다. 바다 내음 가득한 튼실한 멍게와 된장에 먹음직스럽게 버무려진 봄나물. 커다란 양푼에 재료를 가득 넣고 고추장과 참기름, 깨를 솔솔 뿌려주고 나니 우리의 툇마루 점심이 완성되었다. 좋은 날씨를 그냥 지나칠 수 없어 오는 길에 사온 달달한 알밤막걸리까지 꺼내 놓으니 이보다 더 완벽할 수 없다.

3. 군침을 여러 번 삼키며 숟가락으로 골고루 비벼, 양 볼이 꽉 찰 만큼 한 입 크게 떠 넣으니 씹을수록 하나의 계절만이 선명하게 짙어진다. 사이좋게 나눠 담은 막걸리 잔을 기분 좋게 부딪히고 꿀떡꿀떡 삼키니, 봄나물의 쌉싸름한 맛과 막걸리의 달콤한 합주에 입안에서는 주체할 수 없는 흥겨움이 일어난다. 도심 속 하늘과 자연을 가까이에 두고 툇마루에 앉아 제철 음식을 먹고 있으니, '더는 바랄게 없다'는 생각이 차오르기 시작했다. 이런 마음은 무언가를 많이 갖거나 이루었을 때 느낄 수 있을 거라고 생각했는데, 그게 아니었다니.

4. 건강하고, 잘 먹고, 안녕한 삶. 그것만으로도 충만한 행복을 느낄 수 있음에 절로 감사하다. 식사를 마치고 안나가 끓여준 따뜻한 차를 홀짝이며 글을 쓰는데, 나도 모르게 마음이 벅차오르며 울컥했다. 유독 길었던 긴 겨울의 터널을 잘 지나왔다는 안도감 때문인지, 그토록 기다렸던 봄과 마주하게 된 기쁨 때문인지는 명확히 알 수 없지만 희미함 속 단단한 확신이 들었다.

나, 잘 살아가고 있구나.

안녕한, 가

초판 1쇄 발행 2021년 8월 10일 **초판 8쇄 발행** 2024년 1월 17일

지은이 무과수
펴낸이 이승현

출판1 본부장 한수미
라이프 팀
편집 이선희

펴낸곳 ㈜위즈덤하우스 **출판등록** 2000년 5월 23일 제13-1071호
주소 서울특별시 마포구 양화로 19 합정오피스빌딩 17층
전화 02) 2179-5600 **홈페이지** www.wisdomhouse.co.kr

ISBN 979-11-91766-47-9 03810